No one belongs here more than you.

Miranda July

いちばんここに似合う人

ミランダ・ジュライ

岸本佐知子 訳

CREST BOOKS
Shinchosha

ジュリア・ブライアン＝ウィルソンに

NO ONE BELONGS HERE MORE THAN YOU.

by

Miranda July

First Japanese edition published in 2010 by Shinchosha Company

Japanese translation rights arranged with

Miranda July

c/o the Wylie Agency UK, LTD

through the Sakai Agency, Inc.

Original Jacket Design by John Fulbrook III

Design by Shinchosha Book Design Division

目　次

いちばんここに似合う人

共同パティオ

The Shared Patio

彼の意識がないあいだのことだったとはいえ、やっぱりあれは有効だ。むしろ二重に有効だ、なぜなら意識があると人はしょっちゅうまちがったことをして、まちがった人を好きになる。でも深い深い井戸の底、真っ暗な闇と太古の水以外なにもないあの場所では、絶対にまちがいようがない。神様にこうしなさいと言われて、それをする。あの娘《こ》を好きになりなさいと言われて、好きになる。彼は同じアパートに住んでいる。韓国系だ。名前はヴィンセント・チャン。ハプキドーはやってない。「韓国」と聞くと、すぐにジャッキー・チェンの映画に出てくる韓国人のハプキドーの達人キム・ジンパルを思い浮かべる人も多いだろうけど、わたしが思い浮かべるのはヴィンセントだ。

あなたの今までの人生で起こった最悪のできごとは何ですか？　それは車に関係がある？　船の上で起こったこと？　それとも動物に何かされた？　そのどれかにあなたの答えが「イエス」だったとし

ても、ちっとも驚くことじゃないんです。だって車は事故るし、船は沈むし、動物はもともと怖いものだから。だからそういうものに近づかないようにすればいいだけの話。簡単でしょう？

ヴィンセントにはヘレナという奥さんがいる。ヘレナはギリシャ系で、髪はブロンドだ。ただし染めたブロンド。そういうことを言うのは失礼だから言うべきじゃないとも思ったけれど、もしかしたら本人はべつに隠す気なんかないのかもしれない。あんなに露骨に根元の色がちがうのに平気なところを見ると、むしろ染めたっぽい感じが好きなのかもしれない。彼女とわたしが仲のいい友だちだったらどんなだろう。わたしがヘレナに服を借り、彼女が言う、あらそれあなたのほうが似合うわ、じゃああげる。ヘレナが泣きながら電話してきて、駆けつけたわたしがキッチンで慰めてあげているとヴィンセントが入って来ようとして、二人が同時に言う、あっち行ってて、これは女どうしの話なの！　テレビでそういうのを見たことがある。女が二人で下着が盗まれたとかそんな話をしているところに男が入ってこようとして、女たちが言う、あっち行ってて、これは女どうしの話なの！　でもヘレナとわたしはたぶん絶対に仲良くはならない。理由の一つは、わたしの背が彼女の半分くらいしかないからだ。人はたいてい同じぐらいの背の人どうしでかたまる。そのほうが首が楽だから。ただし恋愛となると話はべつで、その場合は身長の差が逆にセクシーになる。あなたのためにこの距離を越えていくわ、的に。

悲しいときは、なぜ悲しいのと自分に問いかけてみましょう。そして知っている誰かに電話をかけて、その答えをその人に話しましょう。話す相手がいないなら、オペレーターに電話をして、その人に話すのでもいい。これはあまり知られていないことだけれど、オペレーターは自分から電話を切ってはいけないと法律で決まっているんです。それから郵便配達員を家の中に入れることはできないけれど、公共の敷地内でなら、四分以内もしくは郵便配達員がもう行くと言うまでのどちらか短い時間、会話をすることができる。

ヴィンセントは共同のパティオにいた。このパティオについて説明しておくと、ここは共同のスペースだ。ヘレナとヴィンセントのところの勝手口から直接行けるようになっているので、ぱっと見には彼ら専用のパティオのように見える。でも引っ越してきたとき、大家さんはわたしにパティオは一階と二階の共用だと言った。わたしは二階に住んでいる。遠慮せずに使ってくださいよ、同じだけ家賃を払ってるんですからね、そう大家さんは言った。ただ、ヴィンセントとヘレナにも同じことを言っているかどうかはわからない。わたしは自分にも権利があることを主張するために、たまにパティオに自分のものを置いておく。靴とか、一度はイースターの旗を置いてみたこともある。それからなるべく彼らと同じ時間だけパティオで過ごすよう心がけている。そうすればどちらか一方だけが損するという事態を避けられるから。二人がパティオにいるのを見かけたら、わたしはカレンダーに小さい印をつけておく。そしてつぎにパティオに誰もいないときに、行って座る。そしてカレンダーの印を×で消す。たまに大幅に遅れをとって、月末近くにせっせと行って座らないと追いつかなくなることもある。

ヴィンセントは共同のパティオにいた。ヴィンセントについても説明しておくと、彼は絵に描いたような〈新男子《ニュー・マン》〉だ。先月号の『トゥルー・マガジン』で読んだ人もいるかもしれない。〈新男子〉は女子よりももっと自分の感情に素直だ。そして〈新男子〉は泣く。〈新男子〉は子供を欲しがっていて、できることなら自分で産んであげたいとさえ思っていて、だからときどきそれができないという理由でも泣く。赤ちゃんが出てくる場所がどこにもないから。〈新男子〉は、とにかく人に何かをしてあげたがる。ヴィンセントがまさにそれだ。いちど彼が共同のパティオでヘレナにマッサージをしてあげているのを見たことがある。これはちょっとした皮肉で、本当にマッサージが必要なのは、むしろヴィンセントのほうだ。彼には軽い癲癇《てんかん》の気がある。わたしが越してきたときに、大家さんから注意事項として聞かされた。〈新男子〉は往々にして体が弱く、おまけにヴィンセントは仕事もデザイナーだから、これなんかすごく〈新男子〉だ。デザイナーというのは、ある日アパートを出るときに彼といっしょになったことがあって、そのときに聞いた。『パント』という雑誌のデザインをしている。これは本当にすごい偶然で、というのはわたしは印刷会社で事務の仕事をしていて、うちの会社でもときどき雑誌を印刷するからだ。『パント』ではないけれど、名前のよく似た『ポジティブ』という雑誌。まあ雑誌というよりはパンフレットに近い。ＨＩＶポジティブの人たち向けの雑誌だ。

あなたはいま怒っている？　だったら枕を殴ってみよう。すっとした？　全然よね。現代人の怒りは枕をパンチしたぐらいではとても収まらない。だったらいっそ刺してみよう。古い枕を出してきて、庭の芝生の上に置く。それを大きなとがった包丁で突き刺す。何度も、何度も、何度も。包丁の先が地面に届くぐらい強く刺す。しまいに枕がなくなって、ただ地面だけになっても、刺して、刺して、刺しつづける。まるで回りつづけているこの地球が憎くて殺してやりたいみたいに、まるでこの星の上でくる日もくる日も独りぼっちで生きていなければならないことに復讐するみたいに。

ヴィンセントは共同のパティオにいた。わたしはすでにパティオ使用回数で遅れをとっていたから、月末のこんなぎりぎりに彼がそこにいるのを見て少しあせった。そのときふと思いついた。だったら彼といっしょに座ればいいんじゃない。わたしはバミューダをはき、サングラスをかけ、サンオイルを体に塗った。十月だったけれど、気分はまだ夏だった。頭の中の絵柄は完全に夏だった。ところが外は風がけっこう吹いていたので、急いでセーターを取りに戻った。それから何分かして、こんどはパンツにはきかえに戻った。それからやっと共同パティオのローン・チェアにヴィンセントと並んで座って、チノパンに少しずつサンオイルが染みてくるのを見つめていた。サンオイルの匂いって子供のころから好きだったな、とヴィンセントが言った。そうやってとてもさりげない気配りで、わたしのその状態を受け入れてくれたのだ。

さりげない気配り、これこそまさに〈新男子〉だ。さいきん『パント』のほうはどう、とわたしが聞くと、彼は誤植《タイポ》にまつわる面白い話をしてくれた。二人とも同じ業界にいるおかげで、ヴィンセントは「タイポ」が「タイポグラフィカル・エラー」の略だということをわざわたしに説明しなくてもすむ。もしヘレナがそこにいたら、彼女にも理解できるように、二人とも業界の専門用語を使わないように気をつけなくちゃならないところだ。でもヘレナはまだ仕事の時間だったので、そこにはいなかった。彼女の仕事は医療助手で、それが看護師と同じなのかちがうのかは、よくわからない。

わたしは他にもあれこれ質問し、彼の答えはだんだん長くなっていって、しまいには自動操縦モードに入って、こっちが何も聞かなくても一人で延々しゃべりつづけた。なんだかがっかりだった。まるで休みの日に急に仕事をするはめになったみたいな気分。わたし一体ここで何してるんだろう。わたしの『ローマの休日』はどこ？　わたしの『パリのアメリカ人』は？　これじゃいつもとおんなじ、まるで『アメリカのアメリカ人』だ。しばらくしてやっと彼がしゃべるのをやめ、目を細めて空を見あげたので、わたしはきっと何かすばらしい質問をわたしのために考えてくれているのだろうと思った。わたしがうんと背伸びして、自分自身や、神話や、この母なる黒い大地について知っているかぎりのことを総動員しないと答えられないような、すばらしい質問。でも彼はただ、表紙のあのデザインは自分が悪いんじゃないというそれまでの話を強調するために、ちょっとためをきかせていただけだった。それからやっとわたしに質問をした。きみはどう思う、いま僕が言ったことを何もかも考え合わせてみて、それでもやっぱり僕が悪いんだと思う？　わたしは空を見あげた。どんな感じかやってみたかったのだ。それからこんなふうに思おうとした――わたしは今から胸の中の秘密の悦びのことを彼に伝えようとしていて、その前にちょっと空を見あげているところ、わたしずっとずっと誰かに知ってもらいたかったの、わたしは毎朝目をさます、はた目には何の目的もなく生きているように見えるかもしれないけれど、それでもわたしは毎朝目をさます、それはこの胸の中にはひそかな悦びが、神の愛が、あふれているからなの。それから目を空から戻してヴィンセントの顔を見て言った。あなたは悪くないわ。わたしは彼を許した。表紙のことも、他の何もかもも。彼がまだ〈新男子〉になりきれていないことも。それからわたしたちはどちらも黙った。彼はもうわたしに何も質問しなかった。わたしはそれでもまだ彼と並んで座っていることに満足していたけれど、それはわたしが世間の人たちにものすごく低い期待しか抱いていないからで、ヴィンセントもすでに〈世間の人たち〉の一人になってしまっていたからだった。

と、彼が急に前かがみになった。はじかれたように体を前に倒し、ちょっと人間とは思えないような角度に体を折り曲げたまま動かなくなった。これは〈世間の人たち〉のすることとも〈新男子〉のすることともちがう。もっと年上の、老人なんかがしそうなことだ。わたしは言ってみた。ヴィンセント。ヴィンセント。それから叫んだ。ヴィンセント・チャン！　それでも彼は、膝と胸がくっつくほど体を折り曲げたまま返事をしなかった。わたしはひざまずいて彼の目をのぞきこんだ。目は開いていたけれど閉じていた、まるで店じまいして明かりがすべて消えて、不気味にがらんとした店のように。そうやって明かりが消えてみると、ついさっきまでの彼が、あんなに自分のことしか考えていなかった彼が、とても光り輝いていたことに気がついた。わたしはふと、『トゥルー・マガジン』はまちがっていたんじゃないかと思った。もしかしたら〈新男子〉なんていうものはどこにも存在しないのかもしれない。あるのはただ生きている人と死んでしまった人だけで、生きている人たちはもうそれだけで互いに価値があって、互いに平等なのかもしれない。わたしは彼の肩に手を当てて押し、もとどおり椅子の背に寄りかからせた。癲癇のことは何も知らなかったけれど、もっとぶるぶる震えたりするのかと思っていた。わたしは彼の顔から髪を払ってあげた。鼻の下に手のひらをやると、穏やかで規則的な呼吸が感じられた。彼の耳に口を近づけて、もう一度ささやいた。あなたは悪くない。もしかしたらそれは、わたしがずっと誰かに言ってあげたかった、そして誰かに言ってほしかった、たった一つの言葉なのかもしれなかった。

わたしは椅子を引きよせて、彼の肩に頭をもたせかけた。そして目の前のこの癲癇の発作を一人でなんとかしないといけなくて心底気が動転していたのに、眠ってしまった。どうしてそんな危険で非常識なことをしてしまったかって？　わたしはこんなふうに考えたい――わたしがそれをしたんじゃない、むしろされたんだ、と。わたしは眠って、夢を見た。夢の中でヴィンセントがわたしにキスをして、シャツの中にゆっくり両手を入れてきた。彼の手のひらのカーブの角度で、自分の胸の小ささがわかった。大きい胸だったらこんなに手をすぼめなくていいはずだから。彼はまるで長年の夢がかなったみたいに、わたしの胸をいつまでも両手で包んでいて、そのときわたしは急に本当のことがわかった。彼はわたしを愛してる。彼はいくつもの感情が層のように折り重なった複雑な人間で、聖《きよ》らかだったり俗っぽく歪んでいたりするいろいろな気持ちをふつふつ沸きたたせながら、わたしを熱烈に求めている。この複雑な炎のような魂はわたしのもの。わたしは彼の熱い顔を両手ではさみ、いちばんつらい質問をした。

ヘレナはどうするの？

それは問題ない、彼女は医療のプロだから。医療関係者はつねに人々の健康のためになることをしなくちゃならないんだ。

そうか、ヒポクラテスの誓いね。

もちろん悲しむだろうけど、その誓いがあるかぎり、僕らのじゃまはしないはずだ。

あなたの持ち物をわたしのところに運ぶ？

いや、僕は今までどおりヘレナといっしょに住む。結婚の宣誓があるからね。

宣誓？　誓いのほうはどうなるの？

だいじょうぶ。僕たちのことに比べれば、他のことなんてみんな何でもないさ。

彼女のこと、本当に愛していたの？

いや、そうとは言えない。

でもわたしのことは愛してる？

うん。

わたし、こんなにぱっとしないのに？

なに言ってるんだ、きみはすごく魅力的だよ。

ほんとにわたしに魅力があると思う？

やることなすこと、すべて魅力的だよ。きみが寝る前、バスタブの中にお尻だけ突き出してあそこを洗ってるのだって、僕はいつも見てるんだ。

そんなことまで見ているの？

毎晩ね。

念のためよ。

わかってる。でもきみが眠っているあいだは、誰もきみの中に入ってきたりしない。

どうしてそう言い切れるの？

僕が見張っていてあげるからさ。

こんなこと、生きてるあいだは起こらないと思ってた。

これからはもう永遠にきみを離さないよ。

絶対に？　あなたがヘレナと住んでて、わたしは二階に住んでるただのチビの女で、それでもわたしはあなたのものなの？

そうさ。それはもう二人のあいだで決まったことなんだ、たとえ二度とお互いに口に出して言わなくても。

まだ信じられない、夢みたいだわ。

気がつくとヘレナがいて、わたしたちを揺り動かしていた。それでもヴィンセントは目を覚まさなくて、わたしはもしかして死んでしまったんだろうか、もしそうなら、彼は夢の中のあれを死ぬ前に言ったんだろうかそれとも後だろうか、どっちのほうがより信憑性が高いんだろうか、と考えた。それに、これって犯罪になるんだろうか？　過失の罪に問われて逮捕されない？　わたしはヘレナを見あげた。医療助手の制服を着た彼女は何百という動作の群れだった。わたしはその動きを見ているうちに目まいがしてきて、目を閉じてもう一度さっきの夢の中に戻ろうとしたら、ヘレナがどなった、発作が始まったのはいつ？　それから、あんたなんで寝てんのよ？　でもそう言いながらも彼女は鮮やかなプロの手つきで彼の脈を取ったりあれこれしつづけ、次にわたしのほうを見たときには、もうわたしはその質問に答える必要がなくなっていた、というのはすでにわたしは彼女の助手のようになっていたから。医療助手の助手。急いでうちに行って冷蔵庫の上のビニール袋とってきて、とヘレナが言うので、わたしはいそいそと走って二人の家に入り、勝手口のドアを閉めた。

　家の中はしんとしていた。わたしはそっとキッチンを横切り、冷蔵庫に頬を押し当てて、いろいろなものが入り交じった二人の生活の匂いを吸いこんだ。冷蔵庫にはいろんな子供たちの写真が貼ってあった。二人には友だちがたくさんいて、その友だちがまた新たな友だちを生んでいく。写真はわたしが見たこともないような親しみにあふれていた。わたしは冷蔵庫の上に手をのばしてビニール袋をとりたかった、でもこの子供たち一人ひとりも見ていたかった。一人の子はトレヴァーという名前で、こんどの土曜日にお誕生生パーティを開くことになっていた。〈来てね！〉とカードの文句は言っていた。〈でっかいお楽しみ《ホエール・オブ・ア・タイム》がまってるよ！〉そしてその横にクジラの絵柄がついていた。絵というかそれは写真、本物のクジラの写真だった。わたしはその小さな賢い目にじっと見入り、この目はいまどこにあるだろう、と考えた。まだ生きて泳いでいるだろうか、それともうとっくに死んでしまっただろうか。今まさにこの瞬間に死を迎えているだろうか。クジラは死ぬと、まる一日かけてゆっくりと海の底に沈んでいく。他の魚たちが見守るなかを、巨大な像のように、ビルのように、でもゆっくり、ゆっくり、ゆっくり沈んでいく。わたしはその目に意識を集中させた。その奥にある本物のクジラに、死にゆくクジラに、思いを届かせようとした。そしてささやいた、あなたは悪くない。

ドアがバンと開いてヘレナが入ってきた。彼女は一瞬わたしの背中に胸を押しつけ、頭ごしに冷蔵庫の上のビニール袋をとると、また走って出ていった。わたしは振りかえって窓の外を見た。ヘレナがヴィンセントに注射をしていた。彼が目をさました。ヘレナは彼にキスし、彼が自分の首をさすった。彼は覚えてくれているだろうか、とわたしは考えた。ヘレナが彼の膝の上にすわり、両手で彼の頭を抱きかかえた。わたしが横を通っても、二人はこちらを見ようともしなかった。

『ポジティブ』がおもしろいのは、HIVという言葉がいっさい出てこないことだ。これで広告がなかったら——〈レトロビル〉、〈サスティバ〉、〈ビラミューン〉——ポジティブな（というのはつまり〝前向き〟という意味の）生き方雑誌と見分けがつかない。わたしがこの雑誌を好きなのはそこのところだ。他の雑誌はみんな、人をおだてるだけおだてておいて最後にガツンとへこませる。でも『ポジティブ』を作っている人たちは、みんながもうすでに何度も何度もへこまされていて、今さら「あなたはセクシー、それともイマイチ?」みたいなテストでがっかりなんかさせられたくないんだということを、ちゃんとわかっている。『ポジティブ』には、気分を明るくするためのアドバイス集が毎回載っている。〈ヘロイーズおばさんの暮らしのヒント〉みたいなやつだ。簡単に書けそうに見えるけれど、いいアドバイスというのはたいていそう見えるものだ。名言や格言は、誰が書いたのでもない、時そのものによって書かれたような感じがないといけない。そうでなくても、死の病にかかっている人を明るい気分にさせるようなものを書くのは難しい。それに『ポジティブ』には決まりがあって、ただ聖書や禅の本から引っぱってきたようなアドバイスではだめで、もっとオリジナリティのあるものが求められる。今のところ、わたしが送ったものはまだ一つも採用されていない。でももうあと一歩という気がしている。

あなたは生きることに迷いがありますか? こんなつらい思いまでして生きていく意味が本当にあるのかどうか、自信をなくしかけている? 空を見ましょう。その空はあなたのためにあるのです。道ですれちがう一人ひとりの顔を見ましょう。どの顔もみんなあなたのためにある。その道も、道の下の土も、土の下の真っ赤に燃える塊も、みんなあなたのためにある。それはあなたのためにあると同時に、他のみんなのためにもある。だから、もしも朝起きて自分には何もないと感じたら、どうかそのことを思い出して。立ち上がり、東を見ましょう。そして空を褒めたたえ、空の下にいるすべての人々の内なる光を褒めたたえましょう。自信なんかなくたっていい。ただ、褒めたたえて、褒めたたえて、褒めたたえて。

水泳チーム

The Swim Team

これは、あなたと付き合っていたころに最後まで話さなかった、あの話だ。あなたは何度もしつこく聞いて、勝手にいやらしい方向にばかり邪推した。誰かに囲われてたの？　ひょっとしてベルヴェディアって、ネヴァダみたいに売春が合法なとこ？　一年じゅう裸で過ごしてたとか？　そのうちに、本当だったことがだんだんと虚しく思えてきた。本当のことが空っぽに感じられるっていうことは、たぶんあなたとはもう長くはないんだろうとそのときわかった。

ベルヴェディアには好きで住んでいたわけじゃなかったけれど、引っ越し代を親に出してもらうのは死んでもいやだった。朝、目をさますと、ああああたしこの町にひとりぼっちで住んでるんだと思い出して、そのたびに愕然となった。町とも言えないくらいちっぽけなところだった。ガソリンスタンドのまわりに家が何軒かあって、あとは一マイル行ったところに店が一軒、それでぜんぶ。わたしは車を持ってなくて、電話もなくて、二十二歳で、親には毎週うその手紙を書いていた。いまわたしはR・E・A・Dというプログラムで働いています、将来非行に走りそうな子供たちに読み聞かせをする仕事です、州がお金を出している試験的なプログラムです。R・E・A・Dが何の略かは考えてなかったけれど、〝試験的なプログラム〟と書くたびに、我ながらうまい言葉を思いつくものだと感心した。〝早期教育〟もお気に入りの言い回しだった。

これはそんなに長い話じゃない。だってその年の何がいちばん驚きかって、ほとんど何も起こらなかったっていうことなんだから。ベルヴェディアの人たちはわたしの名前をマリアだと思っていた。自分でマリアと言ったことは一度もなかったのに、いつの間にかそういうことになっていて、でも今さらあの三人に自分の本当の名前を言う気にはとてもなれなかった。三人というのはエリザベスとケルダとジャックジャックのことだ。なんでジャック二つだったのかは謎だし、ケルダだって本当にそれで合ってたのかどうかわからない、とにかくそういうふうに聞こえたし、わたしが彼女のことを呼ぶときはいつもそういうふうに発音していた。三人を知っていたのは、わたしが彼らに水泳を教えていたからだ。ここがこの話の一番のミソで、だってベルヴェディアにはもちろん海も川も湖もないし、プールだってなかったのだ。ある日、その三人が店でその話をしていて、ジャックジャックが、あの頃もうすでにものすごく年寄りだったからきっと今ごろ死んじゃってるだろうけど、ジャックジャックが、わしもケルダも泳げないんだからプールなんてなくたってかまわんさ、二人ともおぼれちまうのがオチだ、と言っていた。エリザベスはケルダのいとこか何かだった。そしてケルダはジャックジャックの奥さんだった。三人ともかるく八十は超していたと思う。エリザベスは、あたしは子供のころ一度いとこ（たぶんケルダとはべつのいとこ）の家に遊びにいって、そのときたんと泳いだわ、と言った。わたしがどうしてその会話に加わったかというと、エリザベスがそのときこう言ったからだ。泳ぐときは水の中で息をしなくちゃいけないのよ。

それ、ちがう、とわたしは叫んだ。声に出して何かを言ったのは、ほんとに何週間かぶりだった。誰かに告白したときみたいに心臓がどくんどくんしていた。息を止めるだけよ。

エリザベスはむっとしたような顔をして、冗談よ、と言った。

ケルダが、あたし息止めるなんて怖くてとても無理、あたしの叔父さんが息止めコンテストで長いこと息を止めすぎて死んじゃったもんだから、と言った。

お前その話本気にしてるのか、とジャックジャックが言うと、ええそうよちがうの、とケルダが言い、叔父さんは心臓発作で死んだんだろうが、いったいどこからそんな話になったのやら、とジャックジャックが言った。

それからわたしたちはしばらく黙って立っていた。わたしはそうして誰かといっしょにいるのが本当にうれしくて、これがもっと長く続けばいいのにと思っていたら、本当にそうなった。ジャックジャックがこう言ったからだ。てことは、あんたは泳いだことがあるのかね。

わたしは高校のときに水泳部に入っていたことや州大会にまで出たこと、でもビショップ・オダウド校っていうカトリックの学校に、はやばやと負けてしまったことや何かを話した。三人は本当に、すごく興味深げにその話を聞いていた。わたしはそれまでこんなの話のうちにも入らないと思ってたけれど、急にものすごく波瀾万丈で、ドラマや塩素や、その他エリザベスとケルダとジャックジャックが見たことも聞いたこともないいろんなものであふれた、すごい物語であるような気がしてきた。この町にもプールがあればよかったのに、そう言ったのはケルダだった。せっかく水泳のコーチさんが住んでるっていうのにねえ。わたしはべつに水泳のコーチとは言わなかったけど、でも気持ちはわかった。本当に残念だった。

するとおかしなことが起こった。わたしは自分の靴と茶色のリノリウムの床を見ながら、この床ぜったい百万年ぐらい掃除してなさそう、と考えていて、そうしたらなんだか急にもう死んじゃいそうな気がしてきた。けれど死ぬかわりに言った。水泳、教えてあげられるわ。プールなんてなくたってだいじょうぶ。

わたしたちは週に二回、わたしのアパートに集まった。三人が来ると、わたしはボウル三つにぬるま湯を張ったのを床にならべ、それとはべつにコーチ用のボウルをその前に置いた。お湯には塩をちょっと入れた。鼻から温かい塩水を吸うのは健康にいいって聞いたことがあったし、きっと三人はうっかり鼻から吸いこむにちがいないと思ったからだ。わたしは鼻と口を水につけ、横を向いて息つぎをするやり方を教えた。それに足の動きをつけ、それから腕の動きもつけた。たしかに水泳を覚えるのにこれはベストな方法じゃないかもしれない、とわたしは言った。でもね、オリンピックの選手もプールがない場所ではこうやって練習するのよ。わかってるわかってる、もちろん嘘、でもね、大の大人が四人、キッチンの床に転がって、まるで何かに怒ってるみたいに、かんしゃく起こしてるみたいに、何か悲しいくやしいことがあって、それをヤケになってさらけだしてるみたいに、ものすごい勢いで足をばたばたさせてるんだもの、それくらい言わなきゃ合わなかった。わたしたちと水泳をつなぐ、何か強い言葉が必要だった。ケルダは顔を水につけられるようになるまで何週間もかかった。いいのいいの、ドンマイ！　とわたしは言った。それじゃあまずキックボードから始めましょうね。わたしはケルダに本を一冊渡した。ボウルに拒否反応を起こすのは、とっても自然なことなの。それはあなたの体が死にたくないって言ってるってことなの。体が死ぬのはいや、とケルダは言った。

わたしは自分の知ってる泳法をすべて教えた。バタフライはすごかった、あんなのたぶん誰も見たことがない。キッチンの底が抜けて水に変わって、そこを三人が、ジャックジャックを先頭にして泳いでいってしまうんじゃないかと思えた。ジャックジャックは飲みこみが早かった、いやそれ以上だった。本当に床の上を、ボウルや塩水や何かといっしょに進んでいった。そして寝室で折り返して、またキッチンに戻ってくるころには、汗と埃にまみれていて、そんなジャックジャックを奥さんのケルダは両手で本につかまったまま顔を上げて見て、黙ってただにっこりした。そら、ここまで泳いでおいで、ジャックジャックはケルダに向かってそう言ったけれど、ケルダは怖がりだったし、だいいち床の上を泳いで進むのには、上半身の力がうんといるのだ。

わたしは水には入らないでプールサイドに立ってるタイプのコーチだったけど、いっときも休むひまはなかった。偉そうな言い方かもしれないけど、わたしが水のかわりだった。わたしがいっさいを取りしきっていた。エアロビクスのインストラクターみたいに絶えず声を出していたし、きっちり同じ間隔でホイッスルを鳴らしてプールの端を知らせた。するとみんなそろってターンして、反対方向にむかって泳ぎだした。エリザベスが腕を使うのを忘れていれば、わたしはこう叫ぶ、エリザベス！　足は浮いてるけど頭が沈んでる！　するとエリザベスはしゃかりきになって腕を動かしだし、すぐにまた水平にもどる。わたしの細心かつ親身な指導方針にもとづき、飛び込みはまず机の上に立ってきちっとポーズをつけ、それからベッドの上にお腹からばすんと落ちる、というやり方を採用した。でもそれはあくまで安全のためにしたまでで、やっぱり飛び込みにはちがいなかった、哺乳類の誇りを捨て、重力に身をまかせることに変わりはなかった。やがてエリザベスの提案で、落ちるときに何か効果音をつけるというルールが加わった。わたしの趣味からすると、これは少々クリエイティブすぎたけど、でもわたしは新しいことも受け入れた。教え子からも学ぶべきは学ぶ、そういう教師でありたかった。ケルダはいつも木が倒れる音を――まあいわば雌の木といったところ――つけた。エリザベスは〝アドリブでやる〟と言いながらいつもまったく同じ音で、ジャックジャックのは〝爆弾投下！〟だった。練習が終わると、わたしたちはタオルで体をふき、ジャックジャックとわたしが握手をして、それからケルダかエリザベスのどちらかが何かお料理、キャセロールとかスパゲティとか、そんなものを置いていってくれた。それは授業料のかわりで、おかげでわたしはもう一つバイトを増やさずにすんだ。

週にたった二時間のことだったけれど、ほかの時間はすべてその二時間のためにあった。

火曜日と木曜日、朝起きるとわたしはまず思った——きょうは水泳の練習の日。それ以外の日は、朝起きると思った——きょうは水泳の練習のない日。町で、たとえばガソリンスタンドや店で生徒の誰かとばったり会うと、わたしはこんなふうに聞いた、どう、ニードルノーズ・ダイブの練習はちゃんとやってる？　すると彼らはこんなふうに答える、はいがんばってます、コーチ！

わたしみたいな人間が〝コーチ〟って呼ばれるなんて、あなたには想像もできないでしょうね。ベルヴェディアにいたころのわたしはまるきりべつのわたしで、だからあなたにもうまく話せなかった。あそこでは彼氏は一人もいなかった。アートもやらなかったし、アート系の人じゃぜんぜんなかった。どっちかといえばスポーツ系の人だった。そう、あそこでわたしは完璧にアスリートだった——水泳チームの、コーチだった。もしあなたがこの話を面白がるような人だったら、わたしだってとっくに話してただろうし、今もまだあなたと付き合っていたかもしれない。今から三時間前、あなたが白いコートを着た女の人といっしょにいるところを本屋さんで偶然見かけた。とっても素敵な白いコート。あなたはものすごくハッピーで満ち足りた顔をしていた。別れてからまだ半月しか経ってないというのに。あの女の人といっしょにいるあなたを見るまでは、本当に別れたのかどうかもよくわかってなかった。あなたは信じられないくらい遠くに感じられた。まるで湖の向こう岸にいる人のように。点みたいに小さくて、男でも女でも子供でも大人でもない、ただ笑っているだけの点。わたしがいま誰のところに一番もどりたいかわかる？　エリザベスとケルダとジャックジャックよ。もうみんなとっくに死んでしまっただろう、まちがいなく。なんという途方もない悲しみ。わたしはきっと、人類史上最高に悲しい水泳コーチだ。

マジェスティ

Majesty

わたしは英国の王室に興味をもつようなタイプの人間ではない。その手の人たちが集まるパソコンのチャット・ルームに行ってみたこともあるけれど、みんな視野が狭くて、目先のことしか考えてないような人ばかりだ。お国のことなんかそっちのけで、よその国の王室に血道をあげている。英国王室のファッション、英国王室のゴシップ、英国王室の悲劇。とりわけみんな、この一家の悲劇が大好きだ。わたしは息子に興味があっただけ。長男のほうだ。以前は名前も知らなかった。写真を見せられれば見当ぐらいはついただろうが、名前も、体重も、趣味も、通っている大学の同級生の女子学生たちの名前も、何ひとつ知らなかった。もしも太陽系の地図のようなものがあって、星の一つひとつが人間で、人と人との距離を表しているとしたら、わたしなんて彼の星からいちばん遠く離れた、着くのに何光年かかるかわからない彼方の星だろう。一生かかってもたどり着けない。自分の曾孫《ひまご》の代までかかって、やっとたどり着けるかどうか。でもたとえ着いたところで、曾孫たちだって途方にくれるだけだろう。彼を抱きしめたくても、どうしていいかわからない。それに彼だってとっくに死んでいる。死んで、かわりにハンサムで大柄な彼の曾孫の代になっているだろう。彼の子孫はみんなハンサムで大柄な王子様で、わたしの子孫はみんな、地元のNPO団体に勤めて、近所の地震防災グループを引率している中年女ばかりだろう。わたしと彼とはそもそも出会うはずのない、べつべつの種族の生き物なのだ。

子供のころから、同じ夢をくりかえし見る。いわゆる反復夢と呼ばれるものだ。いつも同じストーリーで同じ終わり方をするのだけれど、あの日、忘れもしない二〇〇二年十月九日だけはちがった。始まりはいつもと同じだった。夢の中のそこは天井の低い世界で、誰もが四つんばいになって暮らしている。ところがこの日は、ふと見まわすと、まわりじゅうの人たちがみんなセックスをしていた。いつも体を横にして暮らしているせいだ。わたしは躍起《やっき》になって人々を手で引き離しにかかったが、みんな交尾中のカナブンみたいにしっかりくっついて離れなかった。すると突然、そこに彼がいた。ウィルが。わたしには彼がセレブだということはわかったものの、誰かまではわからなかった。ひどく恥ずかしかった。どうせ彼みたいな人はいつも若くてきれいな女の子に囲まれていて、わたしみたいな人間は見たことがないにちがいないから。ところがそのうちに、彼がわたしのスカートの後ろをめくり上げて、わたしのお尻に顔をすりつけているのに気がついた。なぜそんなことをするかというと、わたしを愛していたからだ。わたしが想像したこともなかった形の愛だった。そこで目が覚めた。小学生のころは、いつも作文の終わりをそれでしめくくったものだ──「そこで目が覚めました！」。ところがその話にはまだ続きがあった。というのも目を開けた瞬間、窓の外を車が大音量で音楽を鳴らしながら通りすぎて、ふだんだったらそういうのは大嫌いで、法律で罰するべきだと思うくらいなのに、そのときかかっていた曲がとても素敵だったのだ。それはこんなふうな歌詞だった──「ほしいのはただ奇跡、ほしいのはただあなた」。それは夢から覚めたあとのわたしの気分そのものだった。わたしはもっと何か確かな証拠がほしくて、ベッドを出て『サクラメント・ビー』紙を開いた。すると海外ニュースのページに、チャールズ皇太子がグラスゴーの団地を訪問したという記事が載っていて、息子のウィリアム・アーサー・フィリップ・ルイス王子も同行したと書いてあった。写真も載っていた。わたしのお尻に顔をすりつけていたのと同じ顔、同じ自信にあふれた美しい金色の髪、同じ鼻だった。

わたしはネットの夢診断サイトで〈王室〉と入れてみた。けれどもその言葉はデータベースに入っていないらしく、何も出てこなかった。そこで今度は〈お尻〉と入力して「診断」をクリックすると、こんな答えが返ってきた──「夢に出てくる自分自身のお尻は、あなたの本能と欲求を意味しています」。それから「お尻が変形する夢は、あなたの内面になにか未熟な部分や傷があることを暗示しています」。でもわたしのお尻は特に変形していなかったから、つまりわたしの内面は成熟しているということになる。そして前半の部分は、自分の本能に身をゆだねよ、自分のお尻に、彼に身をゆだねた自分のお尻に身をゆだねよ、という意味に解釈できる。

その日は一日、水のいっぱい入ったグラスを中身を一滴もこぼすまいとしてしずしず運ぶように、その夢をどこへ行くにも持ち歩いた。彼がめくり上げたのとよく似たスカートを持っていたので、それをはいたら、今まで感じたことのないようななまめかしい気分になった。わたしは揺らめくように職場に行き、たおやかに給湯室を歩きまわった。わたしの妹はこういうスカートのことを〝チロル風〟と呼ぶ。馬鹿にしたようなニュアンスでそう呼ぶのだ。夕方、妹がわたしの職場〈クェイク・ケア〉にコピー機を使いにやって来た。妹はわたしを見て、まるで街のコピー屋でばったり出会ったみたいにぎょっとした顔つきをした。〈クェイク・ケア〉の使命は、地震防災の知識を広め、世界じゅうの被災者たちをサポートすることだ。妹はよく冗談めかして、あたしも地震の被災者みたいなものよ、だって家の中がすごい有り様だもん、と言う。

そういうの何て言うんだっけ。チロル風？　と妹は言った。

スカートよ。ふつうのスカート。

あら、でもあたしが今はいているこのモノのいい、あたしをぐっと引き立ててくれるお洋服と、あんたのそれとが同じ呼び名だなんて、変じゃない？　何か区別があってしかるべきじゃないかしら。

短ければセクシーって誰もが思うわけじゃないわよ。

セクシー？　ちょっと待っていま〝セクシー〟って言った？　なに、あたしたちいまセックスの話をしちゃってるの？　やだうそ信じられない、姉さんがその言葉を言うなんて。ちょっともういっぺん言ってみて。

なによ。セクシー？

ストップ！　言わないで！　まるで〝ファック〟って言ってるみたい。

言ってないわよ。

そうよね。ねえ姉さん、あんたがまた誰かとファックすることってあるのかしら。カールに振られたって聞いたとき、あたし真っ先にそのこと思ったもん、あの人もう一生誰ともファックしないんだわって。

あなたってどうしてそう下品なの。

なによ、姉さんみたいにお固くしてろっていうの？　本当の自分を隠して？　そのほうが自然だっていうの？

べつにお固くなんかないわよ。

ふうん。そりゃあ信じてあげたいのはやまやまだけど、だったらお固くないって証拠をちゃんと見せてもらわないとね。

わたしには恋人がいるのよ！

でも最後の部分は言わなかった。自分が誰かに愛されているということ、愛される価値のある女だということは黙っていた。わたしは下品な女なんかじゃない、嘘だと思ったらウィリアム王子に聞いてみるといい。その夜、わたしは彼と実際に会うための手だてを箇条書きにしてみた。

・彼の通っている学校に行って、地震の安全対策についてレクチャーする。
・彼の学校の近くのバーに行って、彼が来るのを待つ。

この二つは互いに矛盾しないし、誰かと出会う方法としてはしごくまっとうだ。バーでは毎日のように人々が出会っているし、バーで出会った人とセックスするというのもよくある話だ。わたしの妹なんかはしょっちゅうやっている。すくなくとも大学時代はそうだった。そして後になって必ずわたしのところに電話をかけてきて、ゆうべどんなことをしたかを逐一報告する。べつに仲がいいからではない、仲はむしろ悪いほうだ。妹はちょっとおかしいのだ。これはほとんど性的虐待ではないかと思うのだけれど、妹から性的虐待というのも変だから、何か他に言葉があるのだろう。あの人は、何というか常軌を逸しているのだ。そうとしか言いようがない。いまわたしのいるここが常軌のレベルだとすれば、妹はわたしのはるか頭上に、素っ裸で浮かんでいる。

次の日、わたしは朝六時に起きてウォーキングを始めた。今さらスリムになんてなれっこないのはわかっていたけれど、せめて暗いところで彼に触られても大丈夫な程度には全体的に引きしめておこうと思ったのだ。そうして五キロ落としたら、ジムにデビューだ。それまでは、ただひたすらウォーク、ウォーク、ウォークあるのみ。近所を歩きまわりながら、わたしはもういちどあの夢に火をつけなおし、すべてがあまりにくっきりと蘇ってきたので、すぐそこの角を曲がったら本当に彼が立っていそうな気がしてきた。もしも出会ったら、彼のシャツの中に頭を入れて、ずっとそのままそうしていよう。ラガーシャツのストライプごしに太陽の光が射しこんでくる。そこは男の匂いが充満する、わたしだけの小宇宙。そんなふうにぼうっとなって歩いていたので、目の前に立ちはだかられるまで、その人のことはぜんぜん見えていなかった。黄色いバスローブを着た女の人だった。

ねえちょっと。こっちのほうに小さい茶色い犬が走ってこなかった？　ポテト！

さあ。

ほんとなの？　ポテト！　逃げちゃったみたいなのよ。ポテト！

ぼんやりしてたから。

もう。絶対見たはずよ。ああ。ポテト！

ごめんなさい。

ああもう。もしあの子を見かけたら、つかまえてここに連れてきてちょうだい。小さい茶色い犬で、ポテトっていうの。ポテト！

わかったわ。

わたしはまた歩きだした。今はそんなことより、どうやったら彼と会えるかだ。作戦1および2。学校には前にも何度か地震防災の話をしに行ったことがあるから、初めてというわけではない。近所にバックマン小学校というのがあって、そこでは毎年一回消防士を呼んで、子供たちに、服に火がついたときの〝止まる、倒れる、転がる《ストップ・ドロップ・アンド・ロール》〟を教えている。そのあとにわたしが出ていって、地震の防災についての話をすることになっている。残念ながら、わたしたちにできることはほとんどない。止まろうと、倒れようと、飛び上がって空中で腕をパタパタさせようと、もし〝大きいやつ《ザ・ビッグ・ワン》〟が来たら、じたばたせずにお祈りでもしたほうがいい。去年は小さな男の子に、おばさんはどうして地震の専門家になったんですか、と質問された。だからわたしは正直に本当のことを答えた。それはね、わたしが誰よりも地震を怖がっているからよ。子供には本当のことを言うのがわたしの主義だ。それからわたしは自分が何度もくりかえし見る怖い夢――がれきに埋もれて窒息する夢の話をした。〝窒息〟ってわかるかしら？　そう言ってカーペットの上にうずくまり、目玉をひんむいて苦しげにもがく演技をしてみせた。終わって立ちあがると、男の子はわたしの肩に手を置いて、サメにそっくりの形をした葉っぱをくれた。それが一番いいやつなんだ。その子はそう言って他のコレクションも見せてくれたが、どれもサメというよりはただの葉っぱに近かった。わたしのが一番サメらしかった。わたしはそれをバッグに入れて家に持ち帰り、キッチンのテーブルの上に置き、寝る前にもう一度眺めた。そして真夜中に急に起きあがり、葉っぱを流しのディスポーザーに捨てた。わたしの人生にそんなものを容れておく余地はない。問題はだ――イギリスにそもそも地震はあるんだろうか？　もしないのなら、この方法は見込み薄ということになる。でも逆に地震がないのなら、やっぱり彼を説得してわたしのアパートに来てもらうよりも、彼のお城で一緒に暮らすほうがいいということになる。

するとポテトが横を走っていった。あの女が言っていたとおりの小さくて茶色い犬だった。まるで飛行機に乗り遅れそうな人みたいに、しゃにむにわたしを追い抜いていった。ポテトだと気づいたときには、もうずっと遠くまで行ってしまっていた。でもその様子がとても楽しげだったので、わたしは心の中で言った。よかったわねポテト、思う存分夢をかなえなさい。

学校訪問はやっぱりやめだ。パブに行くことにしよう。あちらではバーのことをそう呼ぶのだ。わたしはパブに行く。夢の中で彼にめくり上げられたのとよく似た、例のスカートをはいていく。彼が友だちやボディガードと一緒にいるのが見える。彼はわたしに気がつかない、彼はただ光り輝いている、腕に生えた金色の毛の一本一本までが輝いている。わたしはジュークボックスに行き、『ほしいのはただ奇跡』をかける。その曲に勇気を得ると、カウンターに腰かけ、飲み物を注文し、それから〝糸を巻き〟はじめる。〝糸を巻く〟というのは、両手にかけた糸を巻きとるみたいに、聞いている人々をぐいぐい引きこんでいくような、そんなお話をすることだ。わたしは話術でカウンターじゅうの人たちを引きこんでいく。その話には一か所、聞き手も参加する場面がある。そこのところに来ると、聴衆はみな一緒に声を出さずにはいられなくなるのだ。どんなストーリーかはまだ考えていないけれど、たとえばわたしがこんなふうに言う、「そこでわたしはもう一度ドアをノックしてこう叫んだの――」するとカウンターの人たちが声を合わせて言う、「入れてください！　入れてください！」。ついには周囲の人たちが全員そのセリフを合唱しはじめ、そこに物見高く集まってきた人たちも加わって、合唱の輪はますます広がっていく。やがてウィリアムも何の騒ぎだろうと気になりだす。彼はいぶかしげな笑みを浮かべて、こちらのほうに近づいてくる。下々の者たちがいったい何をしているのだろう？　彼の姿がわたしの目に入る、すぐそこに、わたしの体のありとあらゆる部分からこんなにも近いところに彼がいるのが見える。それでもわたしは話しつづける、糸を巻く手を休めない。そして次にわたしがドアをノックするときには、彼もみんなと一緒になって叫んでいる——入れてください！　入れてください！　すでにイギリスの地方で数えきれないほどの男たちを召集してきたこのおそるべき物語には何かしらのオチがあって、その最後の一言をいう役目に、ウィリアムが選ばれる。それは例の「バナナって言わなかったのにうれしくないの？」みたいな手垢のついたやつではない、まったく新しいタイプのオチだ。そのオチを言うために、ウィリアムはわたしの前に進み出る。わたしの前に立ち、目に涙をいっぱいに浮かべて、懇願するように言う——入れてください！　入れてください！　そしてわたしは彼の大きな頭を抱えて自分の胸に押しつけ、毛糸の最後のひと巻きを巻く。

わたしの胸にお聞きなさい、この四十六歳の胸に。

すると彼はわたしの乳房に向かって、くぐもった声で叫ぶ。入れてください、入れてくださ
い！

そしてお腹もよ、わたしのお腹にも聞いて。

入れてください、入れてください！

ひざまずきあそばせ殿下、そしてわたしのヴァギナにたずねるのよ、この醜いけだものに。

入れてください、入れてください、入れてください。

太陽が原始時代のようなぎらぎらした輝きを放ちながら崩れかけていた。目がくらむうえに、何か迷子になったような気分だった。あるいは何かをなくしたような。そこにまた、さっきの黄色いバスローブの女が現れた。こんどは小さな赤い車を運転していた。服に着替えてもいなくて、あいかわらずバスローブのままだった。運転しながら「ポテト」と叫んでいるのだが、半狂乱のあまり窓を開けて顔を出すことも忘れ、ただ車の内側に向かって無意味に叫んでいた。まるでポテトが神みたいに自分の内側に存在しているとでもいうように。彼女の内向きに閉ざされた叫びに、わたしはぎょっとなった。それはふりしぼるような心の悲鳴だった。彼女は愛する誰かを失った、その誰かの身を心から案じている、それは現実に起こっている、いままさに彼女の身に起こっているのだ。そしてわたしも無関係ではない、なぜなら、そうだ何ということだろう、ついさっきわたしはポテトを見たのだから。わたしは車に駆け寄った。

さっきあっちのほうに走っていきましたよ。

え！

エフィ通りのほう。

どうしてつかまえてくれなかったのよ。

すごい勢いで走っていったから、すぐには気がつかなかったの。

ほんとにポテトだった？

ええ。

怪我してなかった？

いいえ、うれしそうだったわ。

うれしい？　あの子パニック起こしてたのよ。

そう言われた瞬間、猛然と走っていった犬の姿が目に浮かんで、たしかに彼女の言うとおりだと思った。ポテトは恐怖に我を忘れて、ただやみくもに駆けていったのだ。フィリピン系のティーンエイジャーの男の子が車に近づいてきて、いかにも事件の周りに集まってくる野次馬といった感じで立ち止まった。わたしたちは彼を無視した。

あっちのほうに行ったのね？

ええ、でももう十分以上前だったけれど。

何ですって！

車は猛スピードでエフィ通りの方向に走り去った。あとには男の子とわたしが、まるで事件の当事者どうしのように取り残された。

犬がいなくなったのよ。

男の子はうなずいて、まるでその辺に犬がいるかのように、あたりを見回した。

謝礼は？

さあ、そんなことはまだ何も。

ふつう謝礼を出すもんだけどな。

浅ましいことを言う子だと思った。そう言ってやろうとしたら、赤い車が戻ってきた。前とはうってかわってゆっくりした走り方だった。女が窓を開けたので、わたしはぽっかり穴のあいたような気持ちのまま近づいていった。彼女はネグリジェ一枚になっていた。黄色いバスローブは助手席に小さな鳥の巣のように丸めてあって、その中にポテトの死骸が横たえられていた。お気の毒です、とわたしは言った。女は無言でわたしを見返した。こうなったのは何もかもお前のせいだ、自分はプロの犬殺しとは一言だって口をきくつもりはない、その目はそう言っていた。今までにどれだけのものが、わたしの横を駆けぬけて死んでいったのだろう。たくさん、かもしれない。ひょっとしたら、わたしこそ彼らの横を駆け抜けて死を宣告する死神のようなものなのかもしれない。そう考えればすべて説明がつく。

車は行ってしまい、また男の子とわたしの二人が取り残された。自分の家まであと数ブロックというところだったが、立ち去ることはできなかった。ふたたび歩きだしたときに自分が何を考えるのかわからなかった。ウィリアム。ウィリアムって誰。いまここで彼について考えるのはひどく不道徳な、ほとんど犯罪に等しいことのような気がした。それに、おっくうだった。急に、彼との関係を維持するにはとてつもないエネルギーが必要だと思えてきた。いまごろあの女は自分の庭先に犬を埋めていることだろう。わたしはフィリピン系の男の子のほうを見た。王子様からもっとも遠いところにいるような少年だった。この子は何ひとつ持っていない。妹は大学のころ、よくこういう男の子を家に連れ帰った。そして次の朝、必ずわたしに電話をかけてきた。

彼のモノ、ズボンの上からでも半分硬くなってるのがわかって、大きいだろうなとは思ってたんだけどさ。

お願いやめて。

ところが脱がせてみてびっくり、もう腰を抜かすかと思っちゃった。だからあたし言ったの、お願い、その大きなモノを今すぐあたしの中にぶちこんで！　って。

わかったから。

そしたら彼、黒くて細いヒモみたいなものを出して、それを自分のコックにぐるぐる巻きつけだすじゃない。それ何なのって聞いても、いたずら小僧みたいに笑って何も答えないの。あたしそのとき、買ったばかりのすごくヤらしい下着をはいてたのね、前の部分にジッパーがついてて、それがずっとお尻のほうまでつながってるやつ。でも彼はそんなのぜんぜん興味がないらしくて、さっさと脱がすと、自分でやんなよって言ったの。聞いたことある、男が女に向かって自分でやれだなんて？

いいえ。

ま、姉さんはないでしょうね。とにかくあたしは指でこすってこすって、もうビショビショに濡れちゃって、彼はあたしの顔にあれをぐりぐり押しつけて、あたしもう欲しくて欲しくて気が狂いそうになって、ところがなんと彼、そのままあたしの顔の上にイッちゃったのよ。まだ入れてもいないうちに。信じられる？

ええ。

そう。まあそうよね。たぶんまだ子供だから、きっとこんな白いプッシー見たことがなかったんだと思うわ。

そこで妹は言葉を切り、わたしの息づかいに耳を澄ます。わたしがきちんとイッたことを確かめるために。そして妹はじゃあねと言い、わたしもじゃあねと言い、電話を切る。わたしたちはいつもこうだ。もうずっと前からこんなことが続いている。妹はそうやってわたしの面倒をみてくれる。もしも誰にも知られずにこっそり妹を殺せるのなら、そうしたい。

　わたしは男の子のほうを見た。彼は、すでに二人の間で何か話がついたかのようにわたしを見ていた。彼のそばに長く立ち止まりすぎたせいで、何となくわたしが彼に誘いをかけた形になっていた。何か取り引きをしないことには、彼から離れることはできなかった。

　車を洗ってもらおうかしら。

　いくらくれる？

　十ドルでどう。

　十ドルなんかじゃ何もやんないよ。

　そう。

　財布を開いて十ドル渡すと、彼はエフィ通りに向かって、待ち受ける死に向かって歩きだし、わたしも家に向かって歩きだした。わたしがくりかえし見る夢、その夢の中では何もかもが崩れ去って、わたしは下敷きになっている。わたしはがれきの下を、ときには何日も這いまわる。這いつくばりながら、ついに〝大きいやつ《ザ・ビッグ・ワン》〟が来たのだとわたしは悟る。世界じゅうを揺るがすような大地震がきて、何もかもが壊れてしまったのだと。けれどもその夢が本当に恐ろしいのはその後だ。それはいつも目が覚める直前にやってくる。わたしは這いつくばりながら突然思い出す——地震はもう何十年も前に来ていたのだと。この苦しみ、この死、これがあたりまえのことなのだと。これが生きるということなのだ。それどころか、とわたしは気づく。本当は地震なんか最初から来てもいなかったのだ。人生とはこんなふうに壊れたもので、他のことを期待するほうがどうかしていたのだ、と。

階段の男

The Man on the Stairs

かすかな音だったけれど目が覚めたのは、それが人のたてる物音だったからだ。息をひそめていると、また聞こえた。さらにまた。誰かが階段を上がってくる足音だ。わたしはひそひそ声で言おうとした、ねえ誰かが階段を上がってくる。でも息がちぢこまってうまく声にならなかった。かわりにケヴィンの手首を握ってパルス信号を送ろうとした。まず三回、それから二回、また三回。そうやって、なんとかケヴィンの眠りを破る新しい言語を編み出そうとした。それでも気がつくと彼の手首なんか握っていなかった。ただ空気をつかんでいるだけだった。それくらい怖かった。空気をつかむだなんて。男が階段を上がってくる音はまだ続いていた。気が遠くなるほどゆっくりとした歩みだった。まるで急ぐ気配がない。たっぷり、たっぷり、時間をかける気でいるらしい。わたしは何かをこんなにじっくりやったためしがない。それがわたしという人間の欠点だ。追いたてられているみたいに、何でも大急ぎでやってしまう。ゆっくりやることに意味があるような、たとえば気分をリラックスさせるお茶を飲むとか、そんなことでも、あせってやってしまう。気分をリラックスさせるお茶の早飲みコンテストに出てるみたいに、あっという間に飲みおえる。みんなで露天風呂に浸かって星空を見上げていても、ほんとにきれいねえ、とまっ先に声に出して言うのはわたしだ。ほんとにきれいねえ、を早く言ってしまえば、それだけ早く、ふう、なんだかのぼせてきちゃった、を言えるから。

階段の男があんまりゆっくりしているので、わたしはときどき怖いのを忘れてうとうとしかけ、階段がきしむ音がしては、また目を覚ました。もうすぐ死ぬというのに、その瞬間はいっこうに近づいてこなかった。わたしはやっぱりケヴィンを起こさないことにした。へたに起こして、彼が寝ぼけて、何、とか、何、ハニー、とか言ったりするとまずいからだ。そんなのを階段の男に聞かれたら、わたしたちが隙だらけだということがばれてしまう。彼氏がわたしをハニーと呼んでいることも知られてしまう。彼の声にかすかに混じる苛立ちから、ゆうべのケンカでわたしにうんざりしていることまでわかってしまうかもしれない。彼もわたしもセックスするときは他の誰かを思い浮かべながらするけれど、ケヴィンはそれが誰かを言いたがり、わたしは言わない。言う義理なんかない、だってこれはわたしの心の中だけのことなんだから。向こうはわたしに聞かせると興奮するみたいだけど、そんなの知ったことじゃない。ケヴィンはまるで鳥の死骸を得意げに見せにくる猫みたいに、終わるとすぐにそれを報告する。知りたくもないのに。

自分たちのそういったことを階段の男には知られたくなかった。でもきっと知られてしまう。男が部屋の明かりをつけて、ピストルだかナイフだか重たい石だかを出した瞬間——わたしの頭にピストルをつきつけるか、心臓をナイフで狙うか、胸の上に重たい石を振りかざすかした瞬間――きっと何もかも見抜かれてしまう。ケヴィンの目の中に、男はこんな言葉を読むだろう――コノ女ヲ好キニシテイイカラ、ドウカ殺サナイデクレ。そしてわたしの顔に書いてあるこんな言葉も――マダ本当ノ愛ヲ知ラナイノニ。男はわかってくれるだろうか。こんな気持ち、身に覚えがあるだろうか。誰だってそうのはずだ。みんなこの世界で自分は一人ぼっちで、自分以外は全員がすごく愛し合っているような気がしているけど、でもそうじゃない。本当はみんな、お互いのことなんか大して好きじゃないのだ。友だち関係だってそうだ。わたしはときどき夜ベッドの中で、友だちのなかで誰のことが本当に好きだろうと考えてみることがあるけれど、答えはいつも同じだ。誰のことも好きじゃない。この人たちはみんな仮の友だちで、そのうちに本物の友だちができるんだと思っていた。でもちがう。けっきょくこの人たちが本物の友だちなのだ。わたしの友だちはみんな、自分の好きなことを仕事にしている。いちばん古い付き合いのマリリンは歌うのが好きで、名門音楽学校の事務局で働いている。もちろんそれだっていい仕事だとは思うけど、口を開いて歌うだけっていうほうがもっといい。ラララ。子供のころからずっと、プロの歌手と友だちになりたいと思っていた。ジャズ・シンガーとか。ジャズ・シンガーで、運転が荒っぽいけどすごく上手、みたいな。本当はそんな親友がほしかった。それか、わたしのことが大好きで尊敬してくれる友だち。今の友だちはみんなわたしのことをウザいと思ってる。できることなら自分を包んでいるウザさのオーラを取り払って、一からやり直したい。次はきっとうまくやれる気がする。わたしが人からウザがられる要因は、おもに三つある。

　留守電を折り返さない。

　謙遜のしかたが嘘くさい。

　右の二つのことを異常に気にしすぎるあまり、一緒にいる人たちを不快な気分にさせる。

　留守電を折り返すのも、もっと自然に謙遜するのも、そう難しいことではないけれど、今いる友だちではもうだめだ。みんなきっと、わたしがウザくなくなったことに気づいてくれないだろう。友だちから明るくて楽しい人だと思われるためには、新しい人たちと一から知り合うのでないとだめだ。わたしのもう一つの欠点がそれだ。今あるもので満足できないこと。そしてそれは一番めの欠点――あせること――と、手に手をとって結びついている。もしかしたら手に手をとってるんじゃなくて、同じ動物の二つの手なのかもしれない。もしかしたらその手はわたしの手なのかもしれない。わたしがその動物なのかもしれない。

　ケヴィンはわたしがずっと一方的に片思いしていた人で、十三年めにやっと振り向いてくれた。最初のうちはこっちが子供だったから、ぜんぜん相手にされなかった。わたしは十二で、彼は二十五だった。わたしが十八になっても、わたしのことを教え子ではなくちゃんとした大人として見てくれるようになるまで、そこからさらに七年かかった。初めてのデートのとき、わたしはその日のためにと十七歳のときに買った服を着ていった。服はすっかり流行おくれになっていた。レストランに行く途中、わたしたちはガソリンスタンドに寄った。ケヴィンがガソリン代を払っているあいだ、わたしは車の中に座って、高校生ぐらいの男の子がフロントガラスを磨いてくれるのを見ていた。男の子が細長いゴムべらを動かす手つきは、ていねいで心がこもっていて、好きなことを仕事にしているどころか、まさにこれを、このことだけをやるのが昔からの夢だった、みたいな感じだった。ラララ。ガソリンスタンドを出ていく車の中から、わたしはぴかぴかに磨きあげられた窓ごしに彼を見て、あの子にすればよかったかも、と思った。

階段の男があまりにも長いことじっとしているので、わたしはだんだん気になりだす。どこか具合でも悪いんだろうか。体に障害があるとか、ものすごく年寄りだとか。それか、単に疲れているだけかもしれない。もしかしたら、このあたりの住民を皆殺しにしてからここに来たので、もうへとへとになっているのかもしれない。階段の手すりに寄りかかり、暗闇に目をこらしている男の姿が見えるようだ。わたしも目を開けている。ケヴィンは眠っていて、とても遠く感じられる。きっとこれからもずっと遠いままだ。いくら待っても音が聞こえないので、だんだん男なんか最初からいないんじゃないかという気がしてくる。聞こえるのはケヴィンの寝息だけ。このまま一生ベッドに寝てケヴィンの寝息を聞きつづけるのだったらどうしよう。でも、ほら！　階段の踏板が力強く、はっきりときしむ音がして、なぜかわたしは心の底からほっとする。やっぱり男は本当にいたのだ、ちゃんと階段のところにいて、目もくらむほどゆっくりとしたスピードで、こちらに近づきつつある。もしも今日という日を生き延びることができたなら、わたしもこの慎重さを見習うのに。

わたしはふとんをはいでベッドから出た。Tシャツ一枚きりでパンツもはいていなかったけれど、気にしなかった。相手だって裸同然かもしれない。頭がなくて全身血まみれかもしれない。わたしはドアを出て、階段の一番上に立った。そこは寝室よりもさらに暗く、目が見えなくなったみたいな気がした。わたしはそこにじっと立って、目が暗闇に慣れるか、死ぬか、どちらか先に来るほうを待った。何かが見える前に、息の音が聞こえた。男はわたしのすぐ前に立っていた。前かがみになると、顔に息がかかった。嫌なにおいのする息だった。その悪臭は男自身の悪のにおい、悪意そのもののにおいだった。わたしはじっとそこに立ち、男もじっと立っていた。男が吐き出す、女に何もかもを信じられなくさせる毒を、わたしは吸いこんだ。いつだってそうしてきた。そしてわたしも口から粉塵を吐き出した、それはわたしが今までに不信のせいで壊してしまったあらゆるものの砕けた粉で、男はそれを胸いっぱいに吸いこんだ。やがて目が慣れてきて、わたしは男の姿を見た。見知らぬ、冴えない男だった。じっと見つめあっているうちに、急に怒りがこみ上げてきた。帰って、わたしは押し殺した声で言った。出てって。あたしの家から出てって。

ガソリンスタンドを出たあと、わたしたちはレストランに行った。いかにもわたしの好きそうな店をケヴィンは選んでくれていた。でもわたしはまださっきのゴムべらの男の子のことが忘れられなくて、一から十までケヴィンの期待を裏切るようなことをした。デザートもワインも断って、小っちゃいサラダを一つだけ頼み、それも味にケチをつけた。それでもケヴィンは我慢づよかった。くだらない冗談をたくさん言って、わたしを家まで送っていく車の中でもずっとわたしを笑わせようとした。わたしは歯をくいしばって笑うまいとした。笑うくらいなら死んだほうがましだと思った。そして笑わなかった、最後まで笑わなかった。でもわたしは死んだ。けっきょく、死んだ。

妹

The Sister

妹を紹介してやろうか、と誰かに言われることは今までにもよくあった。世の中には結婚もせず、見てくれにもあまり頓着しない女というのがいて、そういう女たちにも寄る年波は遠慮なく押し寄せる。そういう女たちには男きょうだいがいて、その男きょうだいの知り合いの中に、たいてい自分のような男が一人はいる。年寄りの独身男だ。いい歳をして独りでいる男には、えてして一つか二つ重大な問題があるものだが、男きょうだいは、それぐらいのことなら自分の妹は我慢できると考えるものらしい。たとえば死んだ女房にまだ惚れている、なんていうのがそうだ。自分はその点では問題ない。死んでいようがいまいが、そもそも誰かと好き合ったことがない。ただまあ自分のようなタイプの男にありがちな例として挙げてみたまでだ。われわれはしょっちゅう人から妹を紹介される。だが妹と一口に言っても、歳はいろいろだ。そのことが最初はなかなかのみこめなかった。自分にはきょうだいはなかったが、学校の同級生の話に出てくる妹たちのことはよく覚えていた。そのせいで、妹と聞くとどうしても、十いくつの若い娘を思い浮かべてしまうのだ。妹を紹介してやろうか、と人から言われて、行ってみたらずいぶんと背丈の伸びた、老けたのが出てくるものだから、最初のうちは心底たまげた。だが、もちろん今じゃみんないい歳にきまっていた。美少女だった同級生の妹だって歳をとる。もう〝少女〟なんて呼べるような歳の女の子とは長いこと話をしていない。そういう年端のいかない女の子を自分のような未婚の男に紹介する人間はまずいない。理由は簡単だ。レイプが心配なのだ。

この地上に存在するバッグは、ほとんどすべて一つの会社で造られている。「ディーガン皮革」だ。たとえ違うメーカーの札がついていようが、片や〈メイド・イン・スリランカ〉と書いてあり、片や〈安心の合衆国製〉と書いてあろうが、どっちも縫製しているのは、ここカリフォルニア州リッチモンドにあるディーガン社だ。ディーガンで二十年間勤めると、会社がトロピカル・パンチのパーティを開いてくれて、新品のバッグを死ぬまでタダでもらえる身分になる。このパーティを開いてもらったのは、今のところ自分とヴィクトル・シーザー＝サンチェスの二人だけだ。自分とヴィクトルはよく冗談で、「無尽蔵のバッグでどんないいものが作れるかゲーム」というのをやる。そうしてたとえば、革の家だとか、本当に空を飛ぶ革の飛行機だとかを言い合う。ヴィクトルには嫁さんがいたが、去年嫁さんが死ぬまで名前も知らなかった。キャロラインだ。ということは、たぶんメキシコ系じゃなかったのだろう。ヴィクトルがメキシコ系だから、てっきり嫁さんもそうなのかと思っていた。ヴィクトルに妹がいることも、例の〝妹を紹介してやろうか？〟を言ってくるまでは知らなかった。ブランカ・シーザー＝サンチェス。その名前を聞いて、自分はまたぞろ、うんと若い娘を思い浮かべるという間違いをやらかした。白いドレスを着た十代の娘。ういういしい胸のふくらみ。ぜひ紹介してくれ、と答えた。

　ヴィクトルは、ブランカが来るというエイズの慈善パーティに自分も誘ってくれた。会場には二十代や三十代の人間がたくさんいた。もしかしたらその中にブランカやブランカの友達がいるかもしれないと思い、無理してそういう連中にも愛想よくした。他に四十代や五十代、六十代、はては七十代までいて、そういう人たちがブランカである可能性もなくはなかったし、ひょっとしたらブランカの親か祖父母、事によると——もしもブランカが子供だったら——曾祖父母ということだってあるかもしれない。そこらじゅう走り回っている子供たちがブランカかもしれず、ブランカの兄弟姉妹かもしれず、孫かもしれない。夜はどんどん更けていった。何度かヴィクトルをつかまえて聞いてみたが、そのつど、妹ならついさっき姿を見かけたんだが見失ってしまった、と言われた。そのうちに、つい十五分ほど前にあんたのテーブルに行って挨拶するようにブランカに言っておいたんだが、そっちに行ったかね、と言われた。来ていなかった。

　で、どう思った、あいつのこと。

　いや、だから会ってないんだ！

　そうか、会ったって言ったのかと思ったよ。

　いいや、ちがう。会っていないと言ったんだ。

そいつは残念だな。もう帰ってしまったみたいなんだ。だが、あんたのことを気に入ったと言っていたよ。

なんだって。

ぜひまた会いたいそうだ。

だから会っていないというのに！

おいおい、ひとの妹のことを嘘つきみたいに言ってもらっちゃ困るな。

自分は身長百八十五センチ、目方は八十キロほどだ。髪は灰色で、額ははげ上がっている。スポーツマンタイプとは言いがたいが、生まれつき太りにくい性質なので、よけいな脂肪はついていない。ただし腹は除く。

ブランカとは、それからの数週間のあいだに何度も会う機会があったが、いつもすれ違いで、ついぞ姿を見ることはできなかった。あまりに手をかえ品をかえ何度もすれ違うので、だんだんと、もう彼女を知ったも同然になってきた。会えないということの中に、逆にはっきりと彼女を感じるようになった。自分は彼女に会いそこねるために、せいいっぱいめかしこんだ。スーツは七〇年代に買ったもので、当時は着こなし方がよくわからなかったのだが、いま着てみるといい具合だった。スーツとしてはかなり変わった色で、淡いベージュというか、ほとんどオフ白に近い。スーツでも上着でも、こういう色のやつはなかなかない。それがブランカに会いそこねるための定番服になった。

彼女、ゆうべ「タイニィ・バブル・ラウンジ」にいなかったか。

いたとも！　あいつ、挨拶したか。

いいや。

あんたがときどきあの店に行くって、俺が教えてやったのさ。それからちょくちょく覗いてるらしい。

ぜひとも知り合いたいもんだな。

あいつだって同じ気持ちだよ。

なあ、早く声をかけてくれるように言ってくれよ。最近じゃもう彼女を夢に見るんだ。

どんな風だった。

天使のようだったよ。

それだ。間違いなくブランカだ。

彼女、ブロンドか。

いいや黒髪だ。俺みたいな。

へえ、ブルネットか。

いや、そんなんじゃない。

いま自分で黒い髪だって言ったじゃないか。

ああ、だが俺の妹をそんな言葉で呼んでもらいたくないな。

ブルネットがか？　それのどこが悪いんだ。

悪かないが、あんたの言い方が気にくわん。

たしかにそれは、彼女のことを毎晩想いながらせっせと両手を動かしている男の口から出るのですぐにわかる。部屋の空気が変化し、彼女の匂いが顔をふわっと包みこむ。そうすると〝ブルネット〟だった。だがどうしようもなかった。彼女が近くに来ると、呼吸が急に早くなるもう、彼女が若い娘だという考えを止められなくなる。おかしいと頭でわかっていても、どうにもならなかった。バーには男たちがひしめき、煙がたちこめていたが、それでもたしかに彼女が誰かの後ろを通りすぎる姿がちらりと見えた。ぴったりしたジーパンにスニーカーをはき、チューインガムを嚙んでいた。耳にはピアスをして、髪は何かバンドのようなものでまとめていた。リボンか、プラスチックの髪留めみたいなものだ。そして耳にはピアス。それはもう言ったか。まあいい。とにかく、自分の目にはそれがはっきり見えた。そんな年端もいかない子供じゃあ、男、それも自分みたいな七十近いのと付き合うには若すぎる、と人は言うかもしれない。だが、それにはこう言い返してやる。俺たち大人だって何も知っちゃいないじゃないか。風邪の治し方ひとつ知らないし、犬が何を考えているかさえわからない。それに俺たちのすることときたら目もあてられない。すぐに戦争をおっ始めるし、欲にかられて人も殺す。そんな大人たちに、人を愛することの何がわかる。それに、なにも無理強いしようというんじゃない。そんな必要はない。あっちのほうが俺を好いているんだ。そして二人は恋仲になる。お前らに何がわかる。何もわかっちゃいない。悔しかったらエイズをなくしてから電話をくれよ。そしたら話を聞いてやるさ。

日に何度となく、彼女がたまらなく恋しくなる瞬間があった。ディーガン社に行くのに歩いたりバスに乗ったりしている時。動いている時、じっとしている時。バッグを検品していて、全部が鳩目一つまで完璧だった時。来る日も来る日も一つの欠陥品も見つからない日が続き、だんだん気持ちがじりじりしてきて、体の中にもやみたいなものが膨れ上がり、それがストラップが一本裏向きについていたとか、バックルが一つ足りなかったとか、そんなちょっとしたことでぱちんとはじける。どんな時でも淡々と、声ひとつ立てずにやっていられる連中もいる。だが自分はこう叫ばずにいられない、ブランカ！　お日様が天高くのぼって輝いているのを見ても、そしてそれが遠くの山の向こうに沈むのを見ても、同じくらいきらきらまぶしい塊が自分の体の内側にも沈んでいくような気がして、また叫ぶ、ブランカ！　それは自分の魂に向けた叫びだった、まるで体の中にブランカを卵のようにかかえているみたいに。卵のように白くて、まだ不完全な、この世に生まれ出る前の、卵みたいなブランカ。

それまでヴィクトルのことなど大して考えたこともなかったのだが、最近ではがぜん重要人物になってきた。なにしろブランカの兄さんだ。ヴィクトルのこっちへの態度も前とは変わって、身内のような感じで接してくるようになった。すでに自分とブランカが連れ合いになっているみたいにふるまった。彼らの両親との内輪の食事にも、ヴィクトルはブランカと一緒に自分を呼んだ。連れていかれたのは老人ホームで、ヴィクトルの両親は、今までにお目にかかったことがないほどの、ものすごい年寄りだった。二人の食事はぜんぶ点滴だった。娘さんはどこに行ったんです、と母親に訊ねたところ、こっちがびっくりするぐらいにきょとんとされたので、それ以上は聞けなかった。部屋の壁には彼女の写真が掛かっていた。ブランカのではなく、ブランカの母親の娘時代の写真だった。目のあたりがブランカにそっくりだった。誘いながら逃げていくような、あの瞳。ヴィクトルはまともな人間を相手にするように両親に話しかけていたが、向こうはおそらく何一つわかっちゃいなかっただろう。ヴィクトルは二人にわが社の人気商品、ソーホー・スタイルのエンボス仕上げショルダー・トートをプレゼントした。ショルダー・トートは立って使うものだが、この二人《トート》が自分たちの足で立つことは二度とないように思われた。歩く、生きる、求める、愛する、運ぶ。そういったことすべてから、彼らはあまりにかけ離れたところにいるように見えたが、だがまあわからない。自分の両親は早くに死んでしまったから、一度も贈り物をしたことがなかった。ヴィクトルと自分は手土産に持ってきた中華のフライドチキンを食べ、それから皆でテレビを観た。夫婦が何組かで台所のリフォームの出来を競争する番組だった。ヴィクトルが車で家まで送ってくれたが、どちらも口をきかなかった。話すことなどなかった。もうこれで八百億万回目ぐらいに、彼女は現れなかった。

　自分は恋愛というものをしたことがなかった。波風のない平和な人生だった。それが今では、ひどく落ち着きのない男になってしまった。まるで自分が二人に分かれて不器用に殴りあってるみたいに、しょっちゅう自分の体を自分で傷つけた。何かを強く握りしめすぎて、めくったページを破ったり、手を放すタイミングが早すぎて皿を割ったりした。ヴィクトルは毎日のように食堂で隣に座り、自分にはすこしも興味の持てないことに、何のかんのと誘おうとした。とうとうある日、彼の家にブランカも呼んで、三人で飲もうじゃないかと言いだした。ついにこの時が来たと思った。自分の物静かだが落ちついた態度が、両親の心をつかんだのだ。沈黙が怖くてついおしゃべりしてしまう輩《やから》は多い。だが自分はちがう。昔から言葉のキャッチボールというやつは好きになれなかった。たまに言うことを考えついても、まず自分にこう聞いてみる——それは本当に言う価値のあることか？　たいていはノーだ。その日も例の一張羅、ブランカに会えるかもしれない日には必ず着る、上から下までベージュのスーツを着ていった。だがこの日は特別に念入りに着た。ズボンをはく前にボクサーの中にシャツをしっかりたくしこみ、ズボンを引き上げると、生地が脛毛をさわさわ撫でた。全身が神経になったように、何もかもが新鮮だった。

案の定、ブランカは時間になっても来なかった。ヴィクトルと自分はそのことで冗談を言い合って笑った。その日は今までとちがい、本当に心の底から可笑《おか》しいと思えた。まったくあの娘ときたら！　男をじらす天才だな。そうしてわれわれは遅刻魔のブランカのために乾杯した。自分は彼女のグラスにもビールを注ぎ、彼女のかわりに飲み干した。わが愛《いと》しの美少女に乾杯！

時計が十二時を回ったころ、ヴィクトルが咳払いを一つして、じつは内緒にしていたことがある、と言った。

なんだい。彼女、来ないのか。

いや、来るとも。

そうか、よかった。

じつはあんたとブランカのために、いいものを用意してあるんだ。

何だ。

Eだ。

え?

E。

Eって何だ。

エクスタシーだよ。

ああ。

やったこと、あるか。

いや、俺はビールだけにしておくよ。

きっと気に入るぜ。

むかし一度だけマリファナを吸ったことがあるが、まる一年すっきりしなかった。

これはそんなのとは全然ちがうぞ。リラックスして、淫らな気分になれる。

ブランカは淫らな俺なんかいやだろう。

そんなことない、絶対に好きさ。三錠あるから、ブランカが来たら、あいつにも一つやろう。

ブランカはこういうことが好きなのか。

もちろん。

彼女は、その……乱れたティーンエイジャーなのか。

知ってるくせに。

いや、そうかもしれないという気はしていたんだが、聞きたくなかったんだ。

舌の裏側に入れるんだ。ほら、こんな風に。

わかったよ。彼女、十七歳なんだよな。

ああ。さあ、効いてくるまでのあいだ、音楽でも聴こうじゃないか。

われわれはカウチに座り、ジョニー・キャッシュとか、何かそんな名前の男の歌を聴いた。カウボーイの歌を歌う、カウボーイ・シンガーだ。ブランカのことを想ううちに、彼女がだんだん近づいているのが気配で感じられた。下の通りを歩いてくる足音が聞こえ、階段を小走りに上がってくる音がして、ドアがぱっと開く。その光景を何度も繰り返し思い描き、ドアがぱっと開くところで本当にドアがぱっと開かないものかと考えた。そうしたらまさに夢の実現だ。鳴っている音楽、例のカウボーイの歌も、それに拍車をかけた。音楽のせいで空気がとろりと濃くなり、頭の外側で物を考えているような感じがした。自分の考えが宙に浮かんで、馬に乗るみたいに歌を乗りこなしていた。だんだん、ヴィクトルがこのカウボーイのような気がしてきた。自分はそれをふと言ってみた。言葉のキャッチボールは嫌いだったが、声に出して言った。

ヴィクトル。

なんだい。

お前さんがカウボーイみたいな気がしてきたよ。

へえ。どんなカウボーイだい。

この歌を歌ってる、歌うたいのカウボーイだ。

そうとも、これは俺だよ。声ににじむ俺の悲しみがわかるかい。

ああ、わかる。

俺の心は悲しみにあふれているんだ。

うん、たしかに悲しい声だ。

あんたも同じくらい辛いんだろう。

ああ。ブランカに会えなくて胸が張り裂けそうさ。言ったってわかるまい。

わかるとも。

なあ、せめて写真だけでも見せてくれよ。たのむ。

それはできない相談だ。

なぜだ。

ちょっとこっちに来てくれ。

ヴィクトルの隣に来て座ったとたん、それが始まった。薬だ。ヴィクトルに手をつかまれて彼の腕をさすり、どんどんどんどん強くさするうちに、なんだかいい気持ちになってきた。そのうちに体ぜんぶでこすりあうようなことになってきた。老いぼれた二つの図体を、端から端まですりつけ合った。まるでヤっているみたいな動きだった。二匹のワシがヤっているところを考えかけて、ワシはヤったりしない、卵を産むんだったと思いなおした。自分はヴィクトルを押しのけた。

ブランカが入ってきたらどうする。兄さんじゃないか。

シャツ、脱いじまおうよ。下はそのままでいいから。

お前、ホモなのか。

だから下はそのままでいい。

この薬、いつ止むんだ。水を飲んだら早く終わるのか。

もういいじゃないか。悪いようにはしないから。このままでいい。ブランカなんていないんだ。

ヴィクトルの言ったことを受け入れるのに三時間かかった。自分は奴の寝室のベッドに座って、奴はそのままカウチの上で、それぞれべつべつに薬が醒めるのを待ちながら、その間も自分はずっとブランカを待ちつづけた。そして薬が醒めたとたん、急にあいつの言ってた通りだったと気がついた。まるでこの三か月間ずっと薬でおかしくなっていて、今やっとそれが醒めたような感じだった。寝室を出て、カウチに座った。

彼女を殺されたみたいな気分だ。

すまない。

そもそも妹はいるのか。

いいや。

なぜ両親のところに俺を連れていった。

死ぬ前にひとめ会わせておきたかったんだ。

……。

空気がどんどん濃くなっていく気がして、ヴィクトルの言ったことがうまく頭に入らなかった。空気に溺れてしまいそうで恐怖だった。自分のことを呼吸するマシンだと考えようとした。頭の中で自分にこう言い聞かせた――大丈夫だ、呼吸のしすぎで死んだりすることはない、お前は呼吸マシンだ、室内のどんな空気量の変化にも対応できるように作られた、特別のマシンなんだ。

女の子の話をしてくれよ、とヴィクトルが言った。

女の子って何のことだ。

小さい女の子が好きなんだろう。

いやちがう、ティーンエイジャーだ。

どこで見つけてくるんだ。

え？　そういうことはしない。頭で考えるだけだ。

そうか、安心したよ。

ああ。もちろんしないさ。

じゃあ、ブランカともしないのか。

いや、ブランカとはすると思うが、彼女は――また別の話だ。

大人の女は好きじゃないのか。

そうだな。今のところは。

女と寝たことはあるのか。

ある。

男とはどうだ。

ない。

ヴィクトルが抱きついてきた。胃がひどくむかむかして、股間もむかむかした。そこが熱をもって疼《うず》くようで、頭をはっきりさせたい一心で手でこすった。ヴィクトルも一緒にこすってきた。頬も唇も涙で濡れていた。ヴィクトルの奴を殴ってやりたかった、ぶん殴って体の真ん中に穴をあけて、その穴を自分の体でふさぎたかった、そして気づいたら本当にそうしていた。奴は子供のようにすすり泣いていた、夢の中のブランカそっくりに。行くときはカウチの上に行った。精液は万が一のことがあるから、中では行きたくなかった。だが奴はそれを全部舐めとってしまい、そのあとこちらの口を吸って舌を入れてきたので、けっきょく全部自分のところに返ってきた。われわれは眠った。百年分の眠りだった。起きるとまだ夜だった。ヴィクトルが自分の体ごしに手を伸ばし、ランプを点けた。

そこにいるのは二人の老人だった。すべては平常に見えた、平常すぎるくらい平常だった。部屋にはハエが一匹いて、まるでこの部屋では変わったことは何一つ起こらなかったとでも言いたげに、ぶんぶん飛びまわっていた。仕事のことが頭をよぎった。こないだ鳩目打ちのところに来た新入りたち。熱接着機《ヒート・シーラー》の締め具が一つなくなっていることを、あした連中に忘れずに言ってやらないと。もし今ここでそのことを言えば、もし「鳩目打ち」という言葉を言いさえすれば、きっとすべては元に戻るはずだ、末永く、アーメン。

　あした新入りの連中と話をしなくちゃな。

そうか？　アルビーが水曜日に指導したんじゃなかったのか。

ああ、だが――

自分は「鳩目打ち」と言おうとした、「鳩目打ち《グロメティング》」という単語が喉の奥の暗く湿った場所からゆっくりとせり上がってきて、先頭の〈G〉がGの音を出そうとしてぐっと力《りき》んだ。だがその瞬間ハエが耳めがけて勢いよく飛んできて、動物的な反射から思わずぱっと手を振って、ランプを倒してしまった。ランプは不釣り合いに大きな音を立てて、こなごなに砕け散った。十倍くらいの大きさのランプが倒れた時のような音だった。とどめに電球がぽんと破裂して火花を散らし、その火もすぐに消えて静かになった。われわれはどちらも無言だった。けれどもふいに戻ってきた暗闇は、投げかけられた問いのように、眉を上げて待っていた。次に自分がどうするか、何を言うかで、すべては決まる。自分は「鳩目打ち」とは言わなかった。だが喉の奥にさっきのGがまだ残っていて、それが声になろうとしていた。

ぐるる、と唸るような声が出た。

その瞬間ヴィクトルがこちらを向き、首筋に顔を押しつけてきた。こうして新しい世界はあっけなく始まった。唸り声ひとつで。

その人

This Person

誰かが天にものぼる喜びを味わっている。どこかの誰かが歓喜にうちふるえている。とてつもなくすばらしいことが、これからその人に起ころうとしているのだ。その人はそのときのために着飾る。その人が今までずっと夢みて望んできたことが今まさに現実になろうとしていて、その人はそのことが信じられない。でももう信じるとか信じないとかの話ではない、神様に祈ったり夢みたりはもうおしまいだ、本当の本当にそれは起ころうとしている。それは前に進み出たり、お辞儀をしたりするような類《たぐい》のことだ。事によるとひざまずいたりもするかもしれない、ナイトの称号を与えられるみたいに。ふつうナイトの称号なんて与えられたりしない。でもその人は本当にひざまずいて、両肩に剣で軽く触れられたりするかもしれないのだ。それか、その人が車の中とか店とかビニールテントの下にいるときにそれは起こるのかもしれない。それか電話やネットをしている最中かもしれない。こんなメールが届くとか――「ナイトの称号の件」。あるいは留守電に長い長い一つらなりのメッセージが入っていて、その人の知っているすべての人たちが入れかわり立ちかわり、はしゃいだ声でこう言うのかもしれない、おめでとう、あなたテストをパスしたのよ、そうぜんぶテストだったんだ、みんなふりをしていただけ、人生は本当はもっとずっといいものなんだよ。その人は安堵のあまり声をたてて笑い、そしてメッセージをもう一度再生して、その人が知っているすべての人たちが、その人を抱きしめて輪の中に迎え入れるために彼女を待っている場所の住所を聞きなおす。うれしくて目がくらみそうだ、でもこれは夢じゃない、本当のことなのだ。

みんなはその人が車で何度も前を通ったことのある公園のピクニック・テーブルのところで待っている。本当に一人のこらずそこにいる。たくさんの風船がベンチにテープで留められ、いつもバス停でその人の隣に立っていた女の子が紙テープを振っている。みんな笑っている。それを見てその人は一瞬腰が引けそうになるが、こんな人生最高の日に暗い気持ちになるなんていかにも自分の良くないパターンだと思いなおし、勇気を出して輪の中に入っていく。

その人が苦手だった科目の教師たちがその人にキスをして、自分たちが教えていた科目を口々に全否定する。数学の教師たちは言う、数学っていうのは、単に「きみが好きだよ」のちょっと変わった表現だったんだよ。けれども教師たちはいまやありのままにそれを言う、きみが好きだよ、化学や体育の教師までもがそれを言う、そして彼らが心からそう思っているのがその人にはわかる。まったく夢みたいだ。嫌な男やバカ男、最低野郎たちも時おり現れる、みんな整形手術を受けたみたいに顔が善意で変形している。ハンサムな最低野郎はもっさりして愛想がよく、醜くて嫌な奴は優しげになり、みんなでその人のセーターをたたんでどこか汚れない場所に置いてくれる。そしてそして、その人が今までに恋愛したすべての人たちもそこにいる。去っていった人たちまで、みんな。彼らはその人の手を握りしめ、怒って車で走り去って二度と戻らないふりをするのがどんなに辛かったかを話す。その人にはそれがにわかには信じられない、だって本当に真に迫っていたのだ、その人の心は傷ついて、その傷がやっと癒《い》えたというのに、その人はもうどうしていいかわからなくなる。その人はだんだん腹が立ってくる。けれどもみんながその人をなだめる。その人の強さを試すために、どうしてもそうしなければならなかったのだと言って聞かせる。ほらごらん、医者も来ている、彼が処方した薬のせいでその人の目が一時的に見えなくなった、あの医者だ。それからその人がひどくお金に困っていたときに、二千ドルと引き換えに三度セックスをしたあの男もいる。二人ともそこにいて、お互いに顔見知りのように見える。二人はそれぞれ手に小さな勲章をもっていて、それをその人の胸にピンで留める。それはすばらしい名誉と強さの証《あかし》のメダルだ。勲章が日の光にきらきら光り、みんなが拍手喝采する。

急にその人は、どうしても郵便局の私書箱をチェックしなければならないような気がしてくる。それは昔から欠かさずやっていることで、もちろんこれから先は何もかもがうまくいくにしても、やはり手紙は欲しい。すぐに戻ってくるからとその人が言うと、その人が知っているすべての人たちは、いいよ、ゆっくりでいいからね、と言う。その人は自分の車に乗って郵便局まで行き、私書箱を見るが、中は空だ。その日は火曜日で、火曜日は郵便が多い日ということになっているのに。その人はひどくがっかりして車に戻り、ピクニックのことをすっかり忘れて家に帰ってしまう。留守電をチェックするが新しいメッセージは何もない、あるのは古い〝テストをパスした〟とか〝人生は本当はもっといい〟とかいうやつだけだ。メールも来ていないけれど、これはたぶんみんながピクニックに行っているからだろう。その人は、とてもピクニックには戻れそうにない気がしてくる。このまま戻らなければ、自分が知っているすべての人たちをすっぽかすことになるだろう。けれども家から出たくないという思いはどうしようもなく強い。お風呂に入って、ベッドの中で本を読みたいとその人は思う。

バスタブの中で、その人は泡をかきまぜて、何百万という泡がいっせいにはじける音に耳をすます。たくさんの小さな音の集まりというより、とぎれめなくつながった一つの音のようだ。ちょうど水面すれすれのところにその人の胸がある。その人は泡を胸のところにかき集めて変な形を作る。今ごろみんな、その人がもうピクニックには戻らないことに気づいているだろう。みんなはまちがっていたのだ。その人はみんなが思っていたような人ではなかったのだ。その人はお湯の中にもぐり、イソギンチャクみたいに髪を振り動かす。その人はものすごく長い時間水の中にもぐっていられるが、それはバスタブの中だけのことだ。オリンピックの種目に、お風呂のお湯の中で息を長く止める競技ってないんだろうか、とその人は思う。もしそんな競技があれば、その人はきっとメダルを取れるだろう。オリンピックでメダルを取れば、その人が知っているすべての人たちはその人を見直してくれるかもしれない。でもそんな競技はないから、見直しもなしだ。みんなから愛されるたった一度のチャンスをふいにしたことを、その人は心底悲しむ。ベッドに横になると、悲哀の重みがその人の胸にのしかかる。その重みはどこか心地よい、まるで人の重みのように。その人は小さく息を吐く。その人の目がだんだんと閉じ、その人は眠りにつく。

ロマンスだった

It Was Romance

〈これが人間と他の動物とのちがいです〉と、その女の人は言った。〈あ、目はつぶらないで、そのまま布を見ていてください〉。わたしたちはみんな白いナプキンを顔にかぶせていた。布ごしに部屋の明かりがさしこんでくる。そうしているほうが実際より明るい感じがした。まるで部屋の暗さが——物や人から発散される黒い光線が——布によって濾過《ろか》されたみたいに。インストラクターはしゃべりながら歩きまわったので、同時にあらゆる場所にいるように感じられた。彼女の顔も、パーマのかかった髪も、もう思い出せない。あるのは声と白い光だけで、その二つが合わさると、なにか真実めいた感じがした。

〈あなたたちは、けっして世界と一つになることはできません〉彼女がすぐ近くに立っている。

〈人間は、顔の前のごく狭い空間に自分の世界をつくるのです〉こんどは部屋の向こう側。

〈動物のなかで、なぜ人間だけがキスをするのかわかりますか?〉またすぐそばにいる。

〈そこがわたしたちにとって、いちばんプライベートなエリアだからです〉そこで彼女はすうっと息を吸いこんだ。〈だから動物のなかで、人間にだけロマンスが存在するんです！〉誰も何も言わなかったけれど、わたしたちはナプキンの下で考えこんだ。どうしてそんなことわかるんだろう。じゃあ犬は？　犬は人間の百倍感覚が鋭いっていうじゃない？　でも顔に布がかぶさっているので、わたしたちは互いに目を見交わして疑問の鎖をつなぐことができなかった。それに彼女の声は力強く自信にあふれていて、信じることで目が開かれるような、信じるのが当たり前のような気にさせられた。指は手の一部なのに、なぜわざわざ区別しようとするの？　指だって手じゃない！　そうよ！　指も手もおなじ一つのものなのに、それを分けて考えるなんて、そんな区別は窮屈な足かせだわ。目の前には光。それがナプキンごしにさしこんでくる。

〈顔の前のこの小さな世界は幻想、そしてロマンスも幻想なんです！〉

わたしたちの口から、え、と小さく声がもれた。とはいえ、それはずいぶん間《ま》のあいた「え」だった。わたしたちのグループは何かにつけ反応が鈍かった。手分けしてナプキンを配るのでさえ、もたついた。けっきょく一枚取って次の人にまわす、というやり方に落ちついた。

〈ロマンスは幻想だし、布の下の世界も幻想です。でもあなたたちは人間だから、布を取ることはできないんです。だったらいっそ、うんとロマンチックな女性になる方法を学びましょう。ロマンスこそは人間の特技なんですから。さあ、布を取っていいですよ〉

もう二度とこの布は取れないような気がする、だってわたしたちは人間だから。けれども布はあっさり取れて、ホールが前より一段暗くなった。布を取ったらべつの動物に生まれ変わっているかもしれない、世界と一つになれるかもしれない、とわたしは期待した。でももちろん布はただのメタファーだったし、わたしたちは、ロマンス体質になるために土曜の朝のセミナーに集まってきた四十人の人間の女だった。一人だけ、いつまでも布をかぶったままの人がいた。寝てしまったのかもしれない。

わたしたちは結果を出そうとがんばった。向かい合わせになり、〈ノー〉で同時に息を吸いこみ、〈イエス〉で同時に息を吐いた。自分の足首を両手でつかんで、それを他の誰かの足首に見たて、それからその誰かが、わたしたちの愛する誰かが、走って逃げだそうとしているところをイメージしながら、足首をつかんだまま走りだそうとした。わたしたちは逃げる恋人の足首をつかまえ、ノーで吸いこみイエスで吐きだし、足首を離し、そうして四十人の女たちはホールじゅうをでたらめに走りまわった。それからまた元どおり輪になって、フェロモンやその他のもやもやしたものについて、ディスカッションした。

〈いいですか、なにも世界じゅうをロマンチックにする必要はないし、ベッドルームをロマンチックにする必要すらないんです。自分の顔の前の小さな空間だけでいいの。これだったら忙しいキャリア・ウーマンだって何とかできるでしょう？　なぜかというと、彼が（あるいは〝彼女〟が——ロマンスはいっさいの偏見から自由ですからね！）あなたを見るときには、かならずあなたの顔の前の空気ごしに見るからです。その空気はスモッグで汚れていますか？

それともバラ色？　ぼんやり霞《かすみ》がかかっている？　ランチのあいだに、いまの質問をじっくり考えておいてください〉

わたしたちはサンドイッチを食べながら、おのおのの顔の前の空気ごしにお互いを見た。澄んでいるような気がするけれど、ちがうのかもしれない。わたしたちは配られたソーダ水を飲みながら真剣に考えた。これで人生が変わるかもしれないのだ。

わたしは立ちあがり、一人で廊下に出て、壁に顔をくっつけた。廊下の壁は板張りで、おしっこみたいな匂いがした。いろんなものがそうだった。ロマンス。わたしのアパートの部屋。ロマンス。わたしのホンダ。ロマンス。わたしのお肌の調子。ロマンス。わたしの仕事。

顔の向きを変え、反対側の頬をつけた。

最後のセッションが始まる合図のベルが鳴っていた。ロマンス。話の合う友だちが一人もいないこと。ロマンス。魂《ソウル》。ロマンス。地球外生命体の存在。ロマンス。わたしは廊下の先に目をやった。そこに誰かいた。呼吸を合わせるセッションのときにペアを組んだテレサだった。わたしたちはまず同じリズムで呼吸をし、ついでちょっとずらしたリズムで呼吸をし、その後でどんなふうに感じたか、どっちのほうがよりロマンチックだったかを話しあった。ずらしたほう、が正解だった。

廊下を歩いていくと、テレサが椅子の横の床にぺたんと座っているのが見えた。よくない兆候だ。わたしたちが住むこの世界はつるつるすべる斜面で、ただ椅子に座り、お腹が空けば食べ、眠って起きて仕事に行ければそれで万万歳だ。でも誰だって一度くらい経験があるはず。

椅子は人間が座るためにあるものだけれど、自分が本当に人間なのか、わからなくなってしまう瞬間が。わたしは彼女の横に膝をついた。彼女の背中をさすったけれど、ちょっと親密すぎる気がしてすぐにやめて、でもそれだと冷たい気がしたので、かわりに肩をぽんぽんと叩いた。これなら実際に彼女に触れている時間は三分の一だけで、あとの三分の二は、手は彼女に近づいているか彼女から離れているかのどちらかだ。でもそのうちに、だんだん難しくなってきた。「ぽん」と「ぽん」のあいだの間隔を意識しすぎて、自然なリズムがわからなくなってきた。なんだかコンガを叩いているみたいだ。そう思ったとたん、ついうっかり軽いチャチャチャのリズムを刻んでしまい、とうとうテレサは泣きだした。叩くのをやめて彼女を抱きしめると、彼女もわたしを抱きしめかえした。わたしのやったことは何から何まで裏目に出て、テレサの悲しみをさらにレベルアップさせたあげく、自分までいっしょにそのレベルに行ってしまった。そこはとめどなくわき出る悲しみのコラボの場で、テレサとわたしはいっしょに泣いた。わたしたちはお互いの銘柄のシャンプーと柔軟仕上げ剤を嗅ぎあった。わたしは彼女が自分では煙草を吸わないけれども彼女の恋人が煙草を吸う人であることを匂いで知り、彼女はわたしが太めだけれども生まれつきそうだったわけでもこれから先ずっとそうなわけでもなく、ただ自分をちゃんと立て直すまでのあいだの一時的なものだということを抱きごこちで知った。互いのデニムの金具がめりこみあい、互いの乳房がありきたりな身の上話を——酷使と放置、洪水と日照りと〝さよなら、もう行って〟の歴史を——打ち明けあった。わたしたちは互いのブラウスを濡らし、二つの嗚咽《おえつ》をランタンのように行く手にかざして、真新しい悲しみや忘れていた悲しみを——もう何年ものあいだ表向き死んだふりをしていたけれども本当はまだ死んでいなくて、ほんのわずかの水分で息をふきかえす古い悲しみを——一つひとつ探し歩いた。わたしたちはかつて愛してはならない人たちを愛して、かなわぬ愛を忘れるためにべつの人たちと結婚した。わたしたちは煮えたぎる世界の大釜の中に向かっておおいと叫び、返事が返ってくる前に逃げだした。

ずっと逃げつづけ、ずっと戻っていきたくて、でもけっきょくはますます遠ざかるばかりで、そうしてしまいにそれは、どこかの女の子が煮えたぎる世界の大釜の中に向かっておおいと叫んでいる映画の一シーンにすぎなくなって、わたしたちはそれを夫と並んでカウチに座って観ているどこかの女にすぎなくなって、夫の脚が膝の上に載っているのでさっきからずっとトイレに行きたいのをがまんしている。そんなささいなことでさえ泣きたくなる。でもわたしたちが泣くいちばんの理由は、顔の前の空気を湿らせるためだった。それはロマンスだった。好きとか愛しているとかではない、二つの肩と胸と腿のあいだの空気を分かちあう、ロマンスだった。分かちあうべき空気はたっぷりあった。わたしたちは少しずつ静かになり、やがて泣きやみ、長いことじっとそうしていたあと——じゃあね——体を離した。ふいにわけもなく愉快になった。それはハワイから吹いてくるあたたかな風のようにわたしたちの涙を乾かし、現実世界へ戻る道を開いてくれた。その場所に、椅子の横にいるのは愉快だった。わたしたちは手を取りあい、照れたふうを装って笑い、やがてその照れがゆっくりと根をおろして、本物の恥ずかしさに変わった。

テレサがうっかり転んだだけ、とでもいうようにお尻をぽんぽんと手ではらった。わたしもカーディガンの袖をひっぱって直した。廊下を歩いてホールに戻っていくと、みんなはもう椅子を積み重ねて片づけているところだった。わたしたちは椅子の重ね方もてんでんばらばらで、持ちあげて運べないくらい重い塊をいくつも作ってしまったりした。あとにはまちまちの高さに積みあげられた椅子の山が残った。わたしたちはそれぞれのバッグを拾いあげ、それぞれの車に向かって歩きだした。

何も必要としない何か

Something That Needs Nothing

ここが理想の世界なら、わたしたちは二人ともみなしごのはずだった。実際みなしごみたいな気分だったし、みなしご並みに世間から同情されるべきだと思っていたのに、嘆かわしいことにわたしたちには親がいた。わたしなんか、二人もいた。どうせ行くなと言われるに決まっていたから、何も言わずに出てきた。小さいバッグに荷物を詰めて、置き手紙だけ残してきた。ピップの家に向かう途中で、卒業祝いの小切手をお金に替えた。彼女の家のポーチに座って、十二か十五か十六に戻ったつもりになってみた。それくらいの頃からずっとこの日を夢見てきた。ピップをここで最後にこうして待つところまで思い描いてきた。彼女の場合、問題は真逆だった。出ていくことに親があまりに無関心すぎるのだ。ピップのお母さんは何かすごくよくない病気のせいで脚がぱんぱんに腫れあがっていて、いつもマリファナ漬けだった。

母さん、じゃあもう行くから。

どこに。

ポートランドだよ。

ちょっと待って、出てく前に一つ頼んでいいかい。あそこの雑誌、こっちに持ってきてほしいんだけど。

わたしたちは早く家族も親戚も何もない暮らしを始めたくて、うずうずしていた。良し悪しなんてわからなかったから、部屋はすぐに決まった。わたしたちのドア、わたしたちの腐りかけのじゅうたん、わたしたちのゴキブリっていうだけで、いちいち感激した。ワンルームの部屋を紙のリボンと中国のちょうちんで飾りつけ、備えつけのオンボロのベッドで一緒に寝た。一人にとっては、それはとてつもなくときめくことだった。一人はもう一人にずっと恋していた。一人は永遠に片思い人生だった。でもわたしたちは子供のころからの知り合いだったから、子供どうしみたいに寝ることしかできない運命らしかった。それか、性解放運動の前に出会って、今さら新しいことに踏みきれない老夫婦みたいに。

わたしたちは大はりきりで職探しをした。どこに行っても、必ず何かの求人の応募用紙に記入した。けれどもいざ働きはじめてみると——家具にやすりをかける仕事だった——みんなが一日じゅうこんなことをやっているのだということに、わたしたちは愕然となった。わたしたちが〈セカイ〉だと思っていたものは、みんな他の誰かの労働の結果だった。歩道の線の一本一本も、クラッカーの一枚一枚も。他の人たちにもそれぞれ腐りかけのじゅうたんとドアがあって、それのためにお金を払ってる。わたしたちは恐れをなして仕事をやめてしまった。自分たちを貶《おとし》めずにすむ生き方が他にあるはず。もっと自分たちについて考える時間が必要だ。まずわたしたちの生き方を明確に打ち出してから、それに曲をつけるべきなんだ。

その方針のもと、ピップが新しい計画を思いついた。そしてわたしたちは猛然とそれに取り組んだ。『ポートランド・ウィークリー』という地元紙に広告を書いては投稿し、書きなおしてはまた投稿しなおした。そして四週めについに掲載されたときには、それはもう売春の広告だと一見してはわからなくなっていたけれど、読む人が読めばまちがえようがなかった。ターゲットは女が好きな金持ちの女の人だった。でも本当にそんなものがこの世に存在しているかどうかわからなかったので、まあ特別お金持ちというわけではないにせよ、こつこつ小金を貯めている女の人、でもいいことにした。

広告は一か月間掲載されて、わたしたちのボイスメールはメッセージであふれかえった。わたしたちは来る日も来る日も何百という男の募集者をかきわけて、ここの家賃を肩代わりしてくれるはずのたった一人の特別な女の人を探した。けれども彼女はなかなか現れなかった。もしかしたら、こんなフリーペーパーの広告欄なんか見てもいないのかもしれない。わたしたちは焦りで気も狂わんばかりになった。自分たちの尊厳を失わずにお金を稼ぐには、こうする以外に方法がなかった。わたしたちは大家のヒルダーブランドさん相手に交渉をこころみた。食料配給券《フードスタンプ》で払っちゃだめですか？　だめ。ピップがお祖母ちゃんから借りた、この古いカメラとかどうです？　それもだめ。ともかくオーソドックスなやり方で払ってもらいたい。ピップは怒ったような顔つきで、なるべく優しそうな男の応募者を物色しはじめた。メッセージに耳をかたむける男の子みたいな横顔を見ているうちに、わたしは気がついた。彼女は怖がっているのだ。わたしはピップの菓子パンみたいな小っちゃいお尻や、脚のあいだにある温かくて複雑な世界を思い、神様に祈った。どうかどうかどうかその人が枯れたお年寄りでありますように。わたしたちがブラとパンツできゃっきゃ飛びはねるのを、ただ見ているだけで満足するような人でありますように。すると急にピップの顔がぱっと輝いて、名前を書きとめた。リアン。

バス停で降りると、電話でリアンが言っていたとおり、すぐ前から細い砂利道が始まっていた。わたしたちはアストリッドとタルラと名乗った。〝リアン〟も偽名だといいなと思った。男物のタキシードとか、ボアの襟巻きとかをしてるような人だといいなと思った。アナイス・ニンとか読んでる人だといいなと思った。実物は電話の声のようじゃありませんようにと思った。貧乏でもなく、老けてもなく、人口二一〇人のネハレムなんていう場所に、わざわざお金を払って人に来させるような人でなければいいと思った。

砂利道の突き当たりに小さな茶色い家があった。着く前からもう、ジャンクな食べ物の匂いがした。女の人が出てきてポーチに立った。顔をしかめてこっちを見ている。その人がいくつぐらいなのか、判断する基準がわたしたちにはなかった。自分より年上の人たちの外見なんて、わたしたちぐらいの歳では一度も気にしたことがなかった。もしかしたらうちの母親のお姉さんぐらいかもしれない。レギンスをはいているところもリン伯母さんっぽかった。ロイヤルブルーのレギンスに、上はだぼっとしたボタンダウンのシャツ、胸に何かのアップリケがついている。頭の中が不安と恐怖ではちきれそうだった。ピップのほうを見たとき、ほんの一瞬だけ、長い目で見れば彼女はわたしの人生でべつに特別な存在じゃないんじゃないか、という気がした。橋から飛び下りるのに、重しがわりにわたしを足首に結びつけているだけの、そこいらの娘。頭をぶるっと振ると、また元どおりわたしはピップに恋していた。

女の人が手を振り、わたしたちも手を振る。ハイ、と言える距離になるまでずっと手を振りつづけ、それからハイ、と言う。ハグできるくらいの近さだけれど、でもハグはしない。入って、と彼女が言う。中は暗くて子供はいない。もちろん子供なんているはずがない。事前の打ち合せどおり、ピップがまずお金を要求する。誰かに何かを要求しなくちゃならないなんて、本当に最低だ。わたしたち二人とも、何も必要としない何かになれたらいいのに。ペンキみたいに。でもペンキだって、ときどき塗りなおす必要はある。思ったより若いのね、とリアンは言い、座って、と言う。わたしたちが古ぼけたビニールのソファに座ると、リアンはどこかに行ってしまう。みすぼらしい部屋だ。あっちこっちに雑誌が山積みになっていて、家具はモーテルからもってきたみたいだ。わたしたちはお互いを見ないし、自分たちの姿が映るようなものも見ないようにする。わたしは自分の膝をじっと見つめる。

ずいぶん長いことリアンはどこかに行ったままだ。やがて、彼女が真後ろに立っているらしき気配がうっすらと伝わってくる。そう気づいた瞬間、彼女の爪がわたしの髪をすうっと梳《す》く。すこしも性的な感じの人に見えなかったけれど、急に自分が何もわかっていなかったことに気づく。もうすでにそれは始まっていて、わたしたちは刻一刻と終わりに向かって進みつつある。

長い爪イコール、リッチな生活、とわたしは自分に言い聞かせる。リッチな生活について考えると、いつもちょっとだけ気分がましになる。わたしは香水の匂いをかいでいるようなつもりになってみる。わたしたち三人とも、すごく高いシャンプーを使っているんだ。いつもふざけてばかりいて、お気楽に日々を過ごしているんだ。頭がふうっと軽くなり、わたしは自分の体が溶けてハチミツになるイメージを思い描く。脳の回転数がだんだん落ちて、他のことは何もできないくらいゆっくりになる。四秒に一度だけ生きてはまた死に、一時間のうち十五分間だけ意識のある生き物になる。彼女がわたしたちの前にスリップ一枚で立ち、そのスリップが薄汚れているのが見えて、死ぬ。ピップが靴を脱いでいるのが見えて、死ぬ。片方の乳首を指でつまんでいる自分が見えて、死ぬ。

家までの遠い道のりをバスで戻るあいだじゅう、どちらも一言も口をきかなかった。わたしたちは、一つの手に糸を握られてばらばらの方向に浮かぶ二つの凧だった。その同じ手の中に、さっき稼いだばかりのお金も握られていた。途中でピップがチップスを一袋買ったので、手元のお金は家賃に一ドル九九セント足りなくなった。今から考えれば、わたしたちの言い値はぜんぜん安すぎた。ピップがお金を封筒に入れ、表に〈ヒルダーブランドさんへ〉と書いた。わたしたちは打ちのめされ、リアンの匂いにまみれたまま、少し離れて立ち尽くした。そして互いに顔をそむけたまま、それぞれの敗北感の小さな綱を一本一本締めなおす作業にとりかかった。わたしはお風呂にお湯を入れた。バスタブに片足を入れようとしたら玄関のドアが閉まる音がして、わたしはストップモーションのように動きを止めた。ピップが出ていったのだ。こういうことはときどきあった。他のカップルならケンカをしたり抱き合ったりするようなときに、彼女はいつもわたしを置き去りにした。バスタブに片足を入れたまま、わたしはピップが帰ってくるのを待った。もうきっと今夜は帰ってこないとわかるまで、馬鹿みたいに長い時間そうしていた。もしも彼女が帰ってくるまでずっとこのまま裸で待っていたらどうなるだろう。そして彼女がドアを開けて入ってきた瞬間に一時停止がとけて、すっかり水になった湯船の中にどぶんと漬かったら？　昔からそういう変なことをよくやった。誰かが見つけてくれるまで何時間でも車の下に隠れていたこともあったし、同じ言葉を七千回くりかえし書いて時間の流れを変えようとしたこともあった。わたしはバスタブに片足だけ入れた自分の姿を見た。お湯に入れたほうの足は、もうしわしわになりかけていた。このまま夜になったらどんな気分だろう。彼女が帰ってきたら、どれくらい経って風呂場をのぞきにくるだろう。彼女がいないあいだわたしの時間が停まってしまっていたということを、わかってくれるだろうか。そしてわたしがこのすごい芸当をやってのけたことを仮に彼女がわかってくれたとして、だから何だというのだろう。彼女はけっして感謝もしないし同情もしない。わたしは急いで体を洗った。体から麻痺を払い落とすように、ことさら大きな動作で。

わたしは狭いワンルームを歩きまわった。外に行くという選択肢は最初からなかった。ピップがいなければ、この街のどこをどう歩けばいいのかわからなかった。たった一つ、彼女が家にいるあいだはできないことがあって、しばらくするとわたしはソファに寝てそれをやりはじめた。すっかり手垢にまみれた思い出の中で、ピップとわたしはいつも七歳ぐらいだった。彼女の家の折り畳みソファの掛け布に二人でもぐりこんでいることもあれば、わたしの部屋の二段ベッドの上の段のことも、彼女の庭にあるテントの中のこともあった。どのシーンもそれなりに有効だった。いつでもどこでも、ピップが耳元でささやく一言でそれは始まった――コウビしよ。言うなり、ピップはわたしの上にがばっと覆いかぶさる。互いの背中に腕を回して、ぎゅっとする。そしてわたしたちは小さな骨盤をすりつけあって、摩擦を起こそうとこころみる。うまくいくと、体じゅう全部が目まいになるみたいな不思議な感じが訪れた。

ところがあと少しというところで、部屋の中でなにかチリチリ音がしていることに気がついた。かすかだけれど途切れめのない、微妙に神経にさわる音。目を上げると、五つの中国の提灯が風もないのに小さく揺れていた。手を伸ばしかけて、急に音の正体が何だかわかったけれど、もう止められなかった。提灯を揺すると、底にあいた穴から大量のゴキブリがざあっと落ちてきた。落ちながらも空中を這っていた。どこだろうと、着地した場所を占領する気満々なのだ。そして彼らは下に落ちても死ななかった、死ぬなんて言葉は知らないみたいだった。ただ走った。

やっとピップが帰ってきて、わたしたちはリアン系の仕事は割りが合わないということで意見が一致した。ところがそれから何日かして、『パリ、テキサス』という映画でナスターシャ・キンスキーを見た。赤のロングニットを着て、覗き部屋《ピープ・ショー》で働いていた。わたしはすごく楽《らく》そうな（ハリー・ディーン・スタントンさえ出てこなければ）仕事だと思ったけれど、ピップの意見はちがった。

やだ。あたし絶対にこんなことやんない。

じゃ、あたし一人でやろうかな。

わたしがそう言うとピップは完全にキレて、皿洗いを始めた。わたしたちは、自暴自棄な、断固たる気分を表明したいときにしか皿洗いをしなかった。わたしはドアのところに立って負けずにだんまりを決めこみながら、干からびたパスタを皿からこそげ落とそうとしているピップを見ていた。正直言って、親以外の人間をどうやって嫌えばいいのか、わたしにはまだよくわからなかった。そこに突っ立って、わたしはやっぱり彼女に恋していた。本当は立ってさえいなかった。彼女が急にいなくなってしまったら、きっと地面に倒れてしまっただろう。

うそ。やんないわよ。

ほんとはやりたそうじゃない。

そんなことない。

いいじゃん、やれば。あいつらに見られたいと思ってるんでしょ。

誰よ。

男ども。

ちがう。

あんたがそれやるんなら、もうあたしあんたとは一緒にいられないから。

考えようによっては、それはピップが今までに言ったなかでいちばんロマンチックな言葉だった。だって、わたしたちが一緒に暮らしているのは二人が幼なじみだからでも他に知り合いがいないからでもなく、べつの何かのせいだと言ったも同然なのだから。わたしが男に見られるのは嫌だという気持ちが二人を結びつけているということなのだから。覗き部屋では働かないとわたしが言うと、ピップはすぐに皿洗いをやめた。それは彼女の気が済んだというサインだった。でもわたしの気はちっとも済んでいなかった。この十年間で、わたしがピップと触れあったのはたったの三回だけだった。

1．十一歳のとき、ピップは叔父さんに襲われかけた。その話を聞いてわたしが泣くと、彼女はわたしの顎をなぐった。わたしは床にうずくまって丸くなり、ピップが体をほどいてくれるまで四十分間ずっと丸まったままだった。彼女がわたしの膝を胸から離すあいだも目をつぶっていると、彼女がわたしの体を見るのが気配でわかって、もしもこのままずっと目をつぶっていればあれが起こるかもしれないと思っていたら、本当にそうなった。タイツの中に彼女の手が入ってきて、しばらくもぞもぞやっていたけれど、やがて自分にあるのと同じものがある場所を探りあてた。そしてそこに指を当てて、獣みたいに激しくごしごしやると、たちまち昔のあの目まいの感じが起こった。終わると彼女は誰にも言っちゃだめと言ったけれど、それがわたしとのことなのか、それとも叔父さんのことなのか、わからなかった。

2．十四歳のとき、二人で初めてお酒を飲んで酔っぱらい、九分間ほど何でもありの気分になって、キスをした。すごく自然な流れの触れ合いに思えたから、それから何日間かはまたキスできるんじゃないか、もしかして指輪とかロケットを交換するんじゃないかとずっと心待ちにしていた。でもけっきょく何も交換しなかった。わたしたちはそれぞれのものを持ちつづけた。

3. 高校三年のとき、わたしは一瞬だけ他の子と仲良くなった。ごくふつうの子で、名前はタミーで、ザ・スミスのファンだった。べつに恋してるとかそういうのじゃなかった。彼女もわたしと同じくらい冴えない感じの子だった。タミーは毎日わたしに自分の思っていることを話し、わたしは、ああ、女の子どうしってみんなこういうことしてるんだろうな、と思った。わたしも自分のことを話したかった、すごくすごく話したかった、でも何から話せばいいのかわからなくて、けっきょくいつも彼女が一方的に、自分が見た夢をもとに書いた詩のことやなんかについて微に入り細をうがって話すばかりだった。だからわたしは漠然とピップを真似た態度で彼女とつるんでいた。ピップはタミーのことを小馬鹿にしていたけれど、わたしたちが普通の女子っぽく付き合っているのにはちょっと興味をそそられたようだった。

あんたたち、二人でどんなことしてんの。

べつに。テープ聴いたりとか。

そんだけ?

先週は二人でピーナツバター・クッキー焼いたけど。

へえぇー、面白そう。

それって皮肉?

全然。

というわけで、次にタミーの家に遊びにいったとき、ピップもついてきた。タミーの家はいつも両親がいたので、わたしはちょっとはらはらした。ピップみたいに男の子にしか見えない女の子を前にすると、たいていの親はまごついて、母親は急にうきうきしだすし、父親は変に対抗心をあらわにする。けれどもわたしたちが入っていくと、タミーの両親は映画を観ている最中で、ろくにこっちを見もせずに手を振っただけだった。わたしの言ったとおり、まず三人でテープを聴いた。ピップがピーナツバター・クッキーは焼かないのかと訊くと、タミーは今日は材料がないからと答えた。それからタミーはベッドの上にぱたんと倒れて、ねえ二人は付き合ってるの？　と言った。いたたまれない沈黙が部屋に流れた。わたしは窓の外を見て、頭の中で〝窓〟という言葉をくりかえした。窓、窓、窓、窓、窓……永遠に続けるつもりでいたら、ピップが突然言った。

そうだよ。

すてき。わたしのいとこにも一人ゲイがいるのよ。

そしてタミーはこの部屋は安全だから気を使わなくていいのよと言い、そのいとこが送ってきたというショッキングピンクのステッカーを出して見せた。〈FUCK YOUR GENDER〉、そこにはそう書いてあった。わたしたちは無言でそのステッカーを見つめ、〝性別なんか糞くらえ〟と〝同性とヤろう〟の二重の意味に取れる——いや、もしかしたら三重、四重の意味があったのかもしれないけれど——そのスローガンを頭の中で反すうした。タミーは何かを期待しているみたいだった。まるでそのステッカーの過激なアジ文を素直に守って、わたしたちが突然いちゃつきだすとでもいうように。ベッドの上にお行儀よく腰かけているわたしたちは、さぞや期待はずれだったことだろう。ピップも同じことを感じたらしく、物も言わずにいきなりわたしの肩に腕を回してきた。そんなことは今までに一度もなかったから、もちろんわたしは硬直した。それから少しずつ、少しずつ、体を楽な感じに調整しなおした。わたしが吐息をもらしたりピップの腿に手を置いたりしても、ピップはただまばたきするだけだった。タミーはその様子を見て満足げに小さくうなずくと、また音楽を聴きだした。わたしたちはザ・スミスを聴き、ヴェルヴェット・アンダーグラウンドを聴き、シュガーキューブスを聴いた。ピップとわたしはさっきのポーズのままずっと動かなかった。一時間二十分が経ち、いいかげん背中が凝《こ》って、片方の手がしびれて青くなってきて、そこだけ自分の体じゃないみたいな感じがしてきたので、ちょっと失礼と言ってトイレに行った。

　バスルームの粉っぽい暖かさの中で、わたしは天にも昇る気持ちだった。急に一人きりになると、むちゃくちゃに暴れだしたいような気分になった。わたしはドアに鍵をかけ、鏡に向かって発作みたいに奇っ怪な動作をつぎつぎやった。自分に向かって狂ったように手を振り、顔をゆがめてブキミで不細工な表情を作った。手を洗いながら、両手が子供になったみたいに、まず片手をあやすように揺すり、もう片方の手も同じようにした。それはワタシというものの突然の大噴火だった。科学的な用語で言うところの〈最初で最後の打ち上げ花火〉というやつだ。その感覚はすぐに過ぎ去った。わたしは小さな青いタオルで手をふくと、寝室に戻っていった。

見る前から、もうわかっていた気がする。二人がベッドの上でああなっていることも、自分がぎょっとして凍りつくことも、二人がぱっと体を離して口をぬぐうことも。ピップはわたしの目を見ようとしなかった。タミーとはそれきり口をきかなかった。どうせもうすぐ卒業してしまうのがわかっていたし、卒業すれば約束どおりピップと一緒に住むのもわかっていた。そしてピップがわたしをそういう目で見てくれようとはしないことも。たぶん、これからもずっと。他の女の子なら誰でもいいのに、わたしだけは対象外なのだった。


家賃を払ってしまうと、わたしたちは急に強気になって、ゴキブリのことを大家さんに談判した。駆除はやってもいいが、あまり期待しないでくれ、と大家さんは言った。

どうしてですか。

あんたらのとこだけでなく、このアパート全体が連中の巣だからね。

じゃあアパート全体をやったらいいんじゃないですか。

無駄だよ。よそのアパートから来るんだから。

つまり、このへん全部がそうってこと?

世界じゅうがそうってこと。

じゃあもういいです、とわたしは言って、ピップがふるうハンマーの音を聞かれないうちに急いで電話を切った。わたしたちはちょっとしたリフォームに取りかかっていた。部屋の中に地下室を作ろうとしていたのだ。ここのワンルームは狭いわりに天井は高くて、頭の上の空《あ》きスペースがいかにももったいなかった。でもピップに言わせると、ロフトなんてヒッピーくさい。そこで彼女が描いてみせたのが、地下室の――わたしたちの部屋は二階にあったのに――イメージ図だった。ふだんは上の天井の低いフロアで生活して、落ちこんだり引きこもりたい気分になったら、はしごを降りて地下室にこもる。冷蔵庫とかバスタブみたいな重いものだけ下にそのまま残しておいて、他はみんな上の階にあげてしまう。わたしたちの頭の中で地下室のイメージはばっちりできあがっていた。湿った、岩っぽいにおい。天井の隙間から上の階のあたたかな光が筋になって漏れてくる。おうちは頭の上だ。ごはんがわたしたちを待っている。

そんなことを始めたのは、一つには木材がタダでいくらでも手に入ったからだった。ピップが知り合いになった女の子が、たまたまベリマン社という木材店の社長の娘だったのだ。ケイト・ベリマン。わたしたちより一つ年下で、ピップのお祖母ちゃんの家の近くにある私立校に通っていた。わたしは彼女に会ったことがなかったけれど、ケイトみたいな子を利用できるのはいい気分だった。わたしたちは階級闘争のうんとゆるくて散発的なバージョンを戦っていて、その大義名分のもとではあらゆる盗みが正当化されていた。この世の人や、企業や、図書館や、病院や、公園で、わたしたちから物理的にせよ歴史的にせよ何かを搾取しなかったものは一つとしてなかったから、わたしたちはこれから一生かかって盗《と》られたものを取り返していくのだ。ケイトもその奪還計画の協力者気取りでいるらしく、実家のバンの後ろに大きなベニヤ板を積みこんでは、せっせとわたしたちのところまで運んできた。彼女はそれを苦労してバンからおろすとわたしたちのアパートの裏の路地に置き、クラクションを三回鳴らして走り去る。ピップとわたしはその合図を聞くと、散歩をするようなそぶりでアパートを出てぶらぶら歩き、ときには本当にソーダを買ったりなんかしながら、さも急に気が向いたといったふうにその路地にひょいと曲がる。板をかついで階段を上がっていくわたしたちは、みんなの目を盗んで悪事をやりおおせた満足感でいっぱいだった。わたしたちはいつだって誰かの目をあざむいて何かをやった気になっていた。それはつまり誰かがわたしたちをいつも見張っているということで、ということはつまりわたしたちはこの世界で独りぼっちじゃないということだったから。

毎朝、ピップはその日にわたしたちがやるべきことのリストを作った。いちばん最初はきまって〈銀行に行く〉で、これはコーヒーがタダで飲めるからだった。そのあとはいつもあいまいだった——〈フードスタンプのこと調べる　図書館カード?〉——でも、そのリストを見ていると心づよくなった。誰かが一日をしっかり舵取りしてくれているような気がして、だからピップがリストを書くのを見るのが好きだった。夜は地下室のインテリアをどうするか二人でさんざん討論したけれど、昼間の仕事は遅々として進まなかった。ただ部屋じゅうにやたらと木材があった。木材はあちこちの壁に立てかけられ、しつけのなっていない犬みたいにソファを占領した。

二人でキッチンのリノリウムの床に柱を釘で固定しようとしていたとき、ピップが急に、これはL字金具みたいなものがなきゃだめだ、と言いだした。

ほんとに？

うん。ケイトに電話して持ってきてもらう。

だって学校じゃないの？

だいじょうぶ。

ピップは電話をかけ、それからシャワーを浴びに行った。わたしは長い釘を柱から床に打ちこみつづけた。やがて柱はぐらぐらしなくなった。いい気分だった。力を加えれば倒れてしまうだろうけど、柱はちゃんと自分ひとりで立っていた。ちょうど私の背ぐらいの高さだったので、何とはなしに名前をつけたくなった。グウェンとか、そんな感じ。

玄関のブザーが鳴って、ピップが濡れたままでドアに走った。ケイトだった。わたしはキッチンにしゃがんだまま顔を上げて彼女を見た。学校の制服を着ていた。L字金具は持っていなかった。スカートの中に隠してきたのかもしれない。

L字金具は？　とわたしは訊いた。

ケイトはひどくうろたえた目になってピップのほうを見た。ピップは彼女の手を取り、わたしのほうを振り向いて、あたしたち、あんたに話さなくちゃいけないことがあるんだ、と言った。

急に寒けを感じた。耳がものすごく冷たくなって、思わず両手を当てたけれど、それだと話を聞きたくなくて耳をふさいでいると勘ちがいされるとすぐに気がついた。〝聞かざる〟の猿みたいに。だからかわりに両手をこすり合わせて、耳、冷たくない？　と訊いた。ピップは返事をしなかったけれど、ケイトは黙って首を横に振った。

で。話ってなんなの。

あたし、ケイトと一緒にこの子んちで暮らすことにしたから。

どうして？

どうしてってどういう意味。

だって、今までさんざんお店のものを盗んだあなたを、彼女のお父さんが家に入れたがるわけないと思うけど。

あたしがベリマン社で働いて、給料の中から返すことにしたんだ。お金を貯めて車も買うつもり。

わたしはちょっと想像してみた。T型フォードを運転するピップ。ゴーグルをして、スカーフが風にたなびいている。

あたしも一緒にベリマンで働いていい？

ピップが急に怒りだした。馬鹿いわないでよ！

なんで？　だめなの？　だめならだめって言って。

あんた、わざとすっとぼけてるんでしょ。

へ？

ピップはケイトの手をもちあげ、指と指を絡め、上に向けて振ってみせた。

急に耳がかあっと熱くなった。本当に燃えるように熱くて、わたしはほてりを冷ましたくて頭の横で両手をぱたぱたさせた。これでピップは完全にうんざりしたらしかった。自分のバックパックをつかむと、ずんずん歩いてドアから出ていってしまった。ケイトがその後を追った。

　このアパートから出してなるものか。わたしは廊下を走って、ピップに後ろから飛びついた。彼女はわたしを振りほどいた。わたしは彼女の膝を両腕でかかえこんだ。しゃくりあげ、おいおい泣き叫んでいたけれど、マンガの中で誰かがしゃくりあげておいおい泣き叫んでいるんじゃない、これは本当に現実に起こっていることだった。もしピップが行ってしまったら、わたしはきっと恐ろしい残虐行為を目撃した子供たちみたいに口がきけなくなってしまう。その子たちだけがわたしのことをわかってくれる。ピップはわたしの指を脛《すね》から一本一本ひきはがしにかかった。ケイトが横にしゃがんでそれを手伝った。彼女のプディングみたいに柔らかな肌が触れたとたん、わたしはうわっとなり、そのぷにぷにしたものをパンクさせたくて彼女の胸を突き飛ばした。その隙にピップがいちもくさんに階段を駆けおりていき、ケイトもよろけながら後を追った。わたしの手にはケイトのカーディガンだけが残った。走って後を追うと、二人がケイトの車に乗りこむところだった。車がスタートする寸前、わたしは目をつぶって歩道に倒れた。一か八かの賭けだった。もしかしたらピップが憐れんでくれるかもしれない。二人の車のエンジンがアイドリングするのが聞こえた。車道を行き交う車の音、歩道を歩く人々が注意深くわたしをよけて通る足音。車の中でピップとケイトが言い争う声さえ、わたしの耳には聞こえた——出ていってわたしを助けようとするピップ、構わず行こうと言いはるケイト。わたしは頬っぺたを歩道に押しつけて天に祈った。ハイヒールの音がカツカツと近づいてきて、すぐそばで止まった。年寄りの女の声が、あなた大丈夫、と言った。わたしはささやくような声で、大丈夫です、お願いだから放っておいてください、と言った。その人がいつまでたってもどかないので、いいから行ってください、と言おうとして目を開けた。ケイトの車はどこにもなかった。

ベッドの中に電話を引き入れて、三日三晩眠りつづけた。途中何度か目を覚まして、起こったことをぼんやりと思い出しかけては、またすうっと意識を失った。夢の中で、わたしはピッケルに向かってトンネルを掘っていた。深く深く掘り進めば、いつかはきっと彼女に会えるはずだった。這い進むうちにトンネルはどんどん幅が狭くなり、ついにはとてつもなくこんがらがった髪の束になって、もう引きちぎる以外になくなった。

三日めの夕方、電話が鳴った。わたしは砂のようなベッドの底から電話を引っぱりあげた。わたしが今にも死にそうだということを、第一声で彼女にわからせたかった。だから思いきり悲痛で気弱な、言語のすきまからこぼれ落ちた石ころみたいな声で、こう言った。もしもし。

電話は大家のヒルダーブランドさんからだった。どこか遠くの、荒唐無稽でオカルトめいてSFチックなゲンジツという場所で、家賃の支払いが期日を迎えたらしかった。わたしたちがリアンの汚れたスリップをめくり上げた日から、ちょうどひと月が経っていた。わたしは電話を切り、部屋の中を見まわした。わたしの柱はあいかわらずキッチンの床に立って、慎重に沈黙を守っていた。部屋の真ん中にはあぶなっかしいくらい背の高い、テーブルに似た骨組みが、ぐらつきながらそびえていた。それは上階部分の、最初の一平方フィートになるはずのものだった。わたしはその下に這いこんで、ピップとケイトがケイトの両親といっしょに食卓を囲んでいる図を想像した。それはピップがいつも思い描いていたシナリオどおりの光景だった。すごい豪邸の前を通るたびに、ピップはきまってこう言った――ここんちの人たちがあたしを見つけてくれさえすれば、きっとあたしをこの家に住まわせてくれるのに。お金持ちのマダムに愛玩されるチャーミングな浮浪児、というのが彼女の自己イメージだった。とんだぺてんだ。わたしは急に悟った。この世の中にインチキでないことなんか一つもないんだ。大事なことなんて一つもないし、失うものも何もない。

わたしはバスルームに行き、顔に何度もばしゃばしゃ水を叩きつけた。そして完全にふっきれた。そうとも、あたしは何だってできる。寝床の中で着ていたデニムとTシャツを脱いだ。裸のまま床にしゃがみこんで、デニムの脚の部分をカッターで切り落とした。はいてみると、ちびっちゃくてピタピタだった。ちびっちゃくてピタピタで、キワキワのギリギリ。Tシャツも下半分の〈IF YOU LOVE JAZZ（ジャズが好きなら）〉を切って捨て、〈HONK（クラクションを鳴らせ）〉の部分だけを残した。着ると小さな胸がほとんど見えそうだったけど、構うもんか。そのまま勢いで部屋の外に出た。廊下を歩くと、お隣のドアの前にしなびたリンゴを盛った小さな籠が置いてあって、〈みなさんへ　ご自由にどうぞ〉とメモがついていた。腹ぺこだったので一つ取った。構うもんか。するといきなりドアが開いた。お隣さんの姿を見るのは初めてだったけれど、どう見てもヤク中だった。ヤク中のお婆さん。しかも明らかに廊下で拾ったとわかるセーターを着ていた。ケイトのカーディガンだった。もう一つ持っておいきよとその人は言い、それからハグしておくれと言った。わたしは両手に一つずつリンゴを持ったまま彼女をぎゅっと抱きしめた。先週までのわたしだったら触るのも恐ろしかっただろうけど、今のわたしはもう何だってできる。

バスに乗るお金がなかったので歩いて行った。とてつもない遠さだった。馬だってこんな距離を走ったらへとへとになるだろう。もし鳥があそこまで飛んだら、もう立派に渡りだ。でもできないわけじゃない、ただ時間がかかるだけだ。ぴちぴちの短パンに〈クラクションを鳴らせ〉と書いたTシャツを着て街中を歩くなんて、生まれて初めての体験だった。道行く車は、Tシャツを見るまでもなくクラクションを鳴らしまくった。何度も後ろから銃か弓矢で撃たれるんじゃないかと思ったけれど、そんなことは起こらなかった。わたしが思っていたよりも外界が安全な場所だった、というわけじゃない。反対だ。あまりに危険な場所なので、逆に裸同然でいるほうがしっくりはまるのだ。交通事故が日常茶飯事なのといっしょだ。

目指す店はショッピングセンターの、ペット屋と小切手現金化コーナーのあいだにあった。カウンターの中にいた男の人に求人ありますかと訊くと、これに記入して、とクリップボードにはさんだ紙を渡された。書いて渡すと、その人は目を動かさずにただそれを眺めたので、もしかしてこのひと字が読めないんだろうかと思った。九時に来る気があるなら今日から始められるとその人が言うので、やりますと答えた。彼はアレンと名乗り、わたしはグウェンと名乗った。

わたしはショッピングセンターを三時間うろついた。ペット屋は閉まっていたけれど、ウィンドウ越しにウサギが見えた。ガラスに指を押しつけると、年取った垂れ耳ウサギがよたよたとこちらに近づいてきた。ウサギは片方の目でわたしを見、ついでもう片方の目で見た。ひこひこうごめく鼻をじっと見ているうちにふと、このウサギに自分のことを知られているような気がしてきた。小学校の先生か親の知り合いみたいに、このウサギはわたしのことを子供のころから知っている。ウサギはわたしのなりを一瞥して、わたしが悲しく切羽詰まって死に物狂いで、何か良からぬ世界に足を踏み入れようとしているのを見すかしたようだった。わたしは立ち上がり、膝小僧を払うと、隣の「アダルトビデオ＋αの店　Mr・ピープス」に入っていった。

〝＋α〟の部分は店の奥にあった。アレンについていくと、奥にはクリスティという娘《こ》がいた。緑色のプラスチックのピクニック・チェアに座って、ピンク色のオシュコシュのオーバーオール・ワンピを着ていた。彼女のオーバーオールのごつい金色のファスナーを見たら、日ごろ見慣れたものも、じつはみんな秘密の淫靡な地下世界の一味だったんじゃないかと思えてきた。彼女はわたしをブースの中に案内し、張形《ディルドー》やら何かの瓶やら数珠玉のついたロープやらを、アディダスのスポーツバッグにしまいはじめた。アディダス。彼女の道具類が並べて置いてあった下には古ぼけた花柄のタオルが敷いてあって、嗅いだらうちのお祖母ちゃんみたいな匂いがしそうだった。お祖母ちゃん。クリスティは最後にそのタオルで小さなジャムの空き瓶を包んだ。

その瓶は何に使うもの？

おしっこ。

おしっこまでがこっち側だったのか。彼女はわたしに料金表を見せ、それから客がお金を入れてくるスロットを示し、カーテンが上がる様子を、片手を宙に上げながら説明した。そして受話器をクリーナーとペーパータオルを使って拭き、ここを絶対にべとべとのままにしとかないこと、と言った。それから無駄のない素早い手つきで、長くて量の少ない髪をポニーテールにまとめると、アディダスのバッグをひょいと肩にかけて出ていった。

店の中はしんとして、図書館にいるみたいだった。わたしは緑色のプラスチック椅子に座ってシャツと短パンを直した。頭の上では蛍光灯が、永遠にとぎれることなくジジジジいいつづけていた。わたしは天井を見あげ、人類の長い歴史を天から見守ってきたのが星ではなくこの蛍光灯だったら、と想像してみた。氷河期やネアンデルタール人をジジジジと見おろしてきた蛍光灯が、いまわたしをジジジジと見おろしている。立ち上がり、ブースに入ってみた。わたしにはタオルの上に並べるものが何もなかった。タオルすらなかった。あるのはアパートの鍵だけだった。もし今日お金を稼ぐことができなかったら、あの距離を歩いて帰らなければならない。しかも夜中に。この姿で。身の安全を守るために〈ライブ・エロス・ショー〉をやらなくちゃならないだなんて、なんて変てこな状況だろう。

受話器を取る練習をしてみた。五回やって、そのたびに素早く取れるようになった。べつに受話器を取る速さでお金をもらえるわけでもないのに。受話器に向かって言うべき言葉のことも考えた。その手の言葉を、ののしり言葉としてでなしに言ったことは一度もなかった。わたしは何とかそれらの言葉をエロチックなものだと思おうとした。受話器を取って、エロチックな感じでその言葉を言おうとしたけれど、喉の奥にひっかかったようなかすれた声しか出なかった。うまく言えなかったらどうしよう。それってすごくまずいことなんだろうか。お客に金を返せと言われるだろうか。そうしたらバスで帰れなくなる。わたしはパニックになって、知っているかぎりの卑猥な言葉をひとつながりの呪文みたいに一気に言った——コックちんこ金玉ビッチ売女プッシーおしゃぶりケツの穴ファック。そしてがちゃんと受話器を置いた。すぐなくとも言うことはできた。

わたしは三時間かそこらプラスチックの椅子に座っていた。その間に二人の客が店に入ってきた。二人ともビデオのラックごしにこちらをちらっと見たけれど、奥までは来なかった。二人めが帰ったあと、アレンがカウンターの中からどなった。

これで二人めだ！

は？

もっと積極的にアピールしなきゃ！　ちんまり椅子に座ってちゃだめだろ！

あ、はい！

二十分後、黒のトレーナーを着た男が入ってきた。雑誌のラックの向こうからこちらに視線を送ってよこしたので、立って、近づいていった。男のトレーナーには銀河の絵がついていて、その中の小さな点に矢印が指してあり、〈イマココ〉と書いてあった。男は顔を上げてわたしを見て、さも不意をつかれたような顔をしてみせた。レディの前に出ると反射的に帽子を取るようなタイプの人かもしれないと思ったけれど、帽子はかぶっていなかった。

ライブのエロス・ショー、見てみたくないですか。

ああ、うん。いいね。

彼はわたしの後ろについて奥に行った。そしてしばしお別れしてブースに入ると、カーテンの下りたガラスをはさんでまた合流した。財布のマジックテープをべりっと開く音がして、二十ドルがスロットから鍵のかかったプラスチックの箱の中にはらりと落ち、カーテンが上がった。男はもうペニスを出して、受話器を握っていた。わたしも受話器を取り上げた。でも恐れていたとおり、声が出なかった。岩の上に立って冷たい湖の水に飛びこもうとしているみたいに、ただ棒立ちになっていた。子供のころから飛びこむのが苦手だった。一つのことを手放して、新しいことを受け入れるなんて恐怖だった。他の子供たちがどんどん自分を追いこして飛びこんでいくのを尻目に、一日じゅうでも岩の上に立っていた。男がペニスを上下にしごきだした。すごく変な眺めだった。日常的にお目にかかれるものじゃない。というか、そんなもの生まれてはじめて見た。彼が受話器に向かって何か言ったけれど、聞き取れなかった。距離はこんなに近いのに、回線はひどく遠かった。

え、何ですか？

服、脱いでよ。

あ、はい。

そもそも人間というのは、見ず知らずの他人の前で服を脱いだりしないように訓練されている。それどころか、人前で服を着ていることが文明の基本のキといってもいいくらいだ。アヒルや熊だって、服を着れば人間らしくなる。わたしはデニムのショーツをおろし、振りかぶってTシャツも脱いだ。そしてアヒルか熊みたいに裸でつっ立った。男は思いつめたような深刻な表情でわたしを見て、わたしの生白い胸と、脚のあいだにぽわぽわ生えた毛のあいだで、いそがしく目を行き来させた。そしてときどきちゃんと自分を見てくれているかと訊いた。わたしは言われたとおり律儀に彼のペニスを見た。それだけでももういっぱいいっぱいだったのに、さらに彼は、見ているものが好きかと訊いた。またしてもわたしは岩の上に立っていた。下のほうで他の子たちが水をばしゃばしゃさせながら、口々に「飛べ！」と言っている。でも飛ぶのは死ぬのと同じことだ。持ってるものをぜんぶ手放すなんてできない。でも、じゃあわたしは何を持ってるんだろう。彼女から電話はかかってこなかった、これからもかかってこないだろう、わたしは独りぼっちで、そしてここにいた——抽象的な意味の〝ここ〟ではなく、宇宙の中の地球の中の〝ココ〟でもなく、本当にここに、この男の前に、素っ裸で立っていた。わたしは脚のあいだに手を入れて、そして言った——あんたの大きくて硬いコック、見てたらムラムラしてきちゃったわ。

午前五時、わたしはバスに乗って夜を駆け抜けていた。ううん、バスなんてあってもなくても同じだった、わたしは空を飛んでいた、背だって誰よりも高かった、三メートルか四メートルあった。そしてわたしは空を飛べた、車の列もひとっ跳びだった、「コック」と言うことができた、むさぼるように、撫でるように、はにかむように、女王様のように言うことができた、わたしは空を飛べた。そしてポケットの中には大枚三百二十五ドル。バスタブの中に片足を入れて立っていたのは、あれは時間を止めるだけでなく、彼女を呼び戻すおまじないでもあった。だから彼女が帰ってくるまで、わたしはグウェンでいようと決めた。

わたしはライムグリーンのネグリジェを買い、張形《ディルドー》を買ってそれに処女を捧げ、栗色のボブのかつらを買った。〈エラン（情熱）〉という商品名のかつらだった。仕事は嫌いだったけれど、それができる自分は好きだった。かつてはかけがえのない内なる自分なんてものを信じていたけど、今はもう違った。自分のことを傷つきやすくて弱いと思っていたけれど、そうじゃなかった。急にスポーツがうまくなったみたいな気分だった。アメフトなんて興味なかったのに、NFLに入っていきなり大活躍、みたいな。わたしはいつも濡れっぱなしのわたしのプッシーをめぐる長く入り組んだ話をよどみなく語り、体のありとあらゆる部分を開いてみせ、寂しかったわと客に言い、客たちはやがて常連になり、常連はストーカーになった。わたしはぎりぎりまで店の中にいて、バスが来たらダッシュで乗りこむようになった。駐車場に潜んでいるかもしれない誰かに向かって手を振って、また木曜日にね！　とどなりながら。

そして死ぬほど彼女が恋しかった。

ある晩バスがなかなか来なくて、外に出てみると客の一人が歩道までついてきた。バス停に立つとその男も隣に立ち、それでも無視しているとツバを吐きはじめた。はじめのうちは地面に向かって吐いていたけれど、やがて空中に向かって四方八方に吐き散らしだした。細かいしぶきが顔にかかったので、唇をぎゅっと閉じて一歩後ろに下がると、客も一歩下がって、あたりじゅうにツバの散弾銃をまき散らしつづけた。彼の攻撃のよってたつ理屈があまりに理解不能すぎて、なんだか頭が混乱して、怖がるべきなのか笑うべきなのかわからなくなった。こういうときは中に戻ったほうがいい、そう直感で思った。わたしは歩き、それから走り、店に駆けこむとドアを閉めた。けれども「Mr・ピープス」だって安全な場所とは言いきれなかったし、いつまでもここにいるわけにはいかなかった。アレンに頼んでまだ客が外にいるか見てもらった。まだいた。ねえアレン、あの人にどっか行くように言ってくれない。するとアレンは悪いがそれはできない、なぜならa.彼は何ら法律をおかしていないし、b.うちの店のお得意さんである。タクシーか友だちを呼んで迎えに来てもらうしかないだろう、とアレンは言った。

ずっとこの時を待っていた。あんまり自然に向こうからチャンスがやってきたので、びっくりだった。つねづね想像していたのは、自分で毒を飲んだり車にひかれたりすることだった。するとかならず何か公的な立場の人、警官とか看護婦さんとかが、誰か連絡してほしい人はいるかとわたしに訊ねる。わたしは息もたえだえに彼女の名を告げ、ベリマン木材店に勤めているはずです、と言う。今日のこれはそこまで緊迫した状況ではなかったけれど、生死にかかわると言えなくもなかったし、何といってもわたしが自分から言いだしたことではないというところがポイントだった。わたしは人に言われて、職場の上司であるところのアレンにほとんど命令される形で、しかたなく彼女に電話するのだ。

わたしはノコギリの替え刃か何かについてちょっと質問したい人のような気持ちを作って、ベリマン木材店の電話番号を素早く、ほとんどぞんざいな手つきでプッシュした。けれども呼出し音が聞こえはじめたとたん五感が膨張して、呼出し音と自分の鼓動だけを残して、他の何もかもを消し去ってしまった。

毎度ありがとうございます、ベリマン木材店です。

ピップ・グリーリィをお願いできますか。

少々お待ちを《ジャスト・ア・セカンド》。

ほんの一秒《ジャスト・ア・セカンド》。ほんの二か月。ほんの一生。ほんの一秒。

もしもし?

もしもし、あたしよ。

ああ。ハイ。

こんなのってない。〝ああ。ハイ〟だなんて。わたしはそんなおざなりな反応しか引き出せないような人間じゃないはずだ。わたしはかつらを直した。そしてベルトのバックルを外そうとしている客に向かって浮かべるのと同じ笑顔を宙に向かって浮かべ、この世のどんなこともお楽しみの変形なのだというように目を笑った形に作ると、もう一度最初からやりなおした。

あのね。今ちょっと困ったことになってて、助けてほしいんだけど。

ふうん。何よ。

あたしいまお店で働いてるんだけれど、「Mr・ピープス」ってとこ? で、すごく気味のわ

る い奴が店の周りをうろついてるのよ。車、出してもらえない？

ピップが一瞬黙った。「Mr・ピープス」という名前が彼女の頭のなかでぐわんぐわん鳴りひびいているのが手に取るようにわかった。時計盤みたいに大きな両目をぎょろつかせた男、ピープス氏。彼女はピープス氏から逃げまわることに全人生を費やしてきたというのに、その彼とわたしが楽しそうにじゃれあっている。最低女なのか馬鹿なのか、それとももっと他の何かなのか。何か、予想もつかないもの。わたしは息を殺して待った。

たぶん車は借りられると思う、こっちの仕事が終わるまで二十分くらい待てるかな、と彼女は言った。たぶん大丈夫、とわたしは答えた。

バンの中ではどちらも一言も口をきかなかったし、わたしは彼女のほうを見なかった。でも彼女がわたしを何度も不思議そうな目で見るのが気配でわかった。いつもは店を出るときに服を着がえてかつらも脱ぐのだけれど、今日はそうしなくて正解だった。通りをすれちがう他の車は、どれも助手席と運転席の人たちが楽しげにいちゃついていたけれど、わたしたちはそんなそぶりは少しも見せず、さも退屈したふうを装って、ただひたすら通る車がとぎれないことを祈った。古巣が見えてくると、彼女は急にハンドルを左に切って、自分のいま住んでいるところを見に来ないかと言った。

ケイトの家のこと？

いいや、あれはちょっと駄目になった。いまは店の同僚んちの地下に住んでるんだ。

そう。いいわよ。

地下は、よく言えば〝改装中〟といったところだった。床は土がむき出しで、板切れがそここに積んであり、少し高くなった土台の上にベッドが一つとビールケースがいくつか載っていた。彼女は懐中電灯でひとわたり照らしてみせ、これで月にたったの七十五ドルなんだ、と言った。

ほんと、すごい。

ね、だってこの広さでだよ？　千五百平方フィートかそこらあるんだから。どうでも好きなようにしていいって言われてるんだ。

ピップはわたしを案内して柱のあいだを歩きまわり、改装の計画を語った。上の階でトイレを流す音がして、彼女の同僚の足音が、歩く姿が見えるくらいはっきりと頭上で聞こえた。同僚氏の足音が止まり、カウチが軋《きし》む音がして、テレビがついた。ニュースだった。彼女が天井から下がった輪っかに懐中電灯を引っかけると、ちょうど枕の上にぼんやりとしたスポットライトが落ちる形になった。わたしはベッドの上に長々と寝ころんで、あくびをした。そんなわたしを彼女がしげしげ見ているのがわかった。

泊まりたければ泊まってもいいけど。その、もし疲れてるんなら。

ちょっとひと眠りさせて。

あたしはこのへんを掃除するから。

じゃあそっちが掃除してるあいだ、あたしは寝るね。

わたしは彼女が床を掃く音に耳を澄ませた。音はだんだんと近づいてきて、マットレスのまわりをぐるりと一周した。それからほうきを床に置く音がして、彼女がベッドの隣に入ってきた。わたしたちは長いことじっと動かずに並んで横たわっていた。やがて上の階で同僚氏が咳をして、それが何かのエネルギー波を発生させた。ピップがちょっと肩を動かして、Tシャツの端っことわたしの腕を触れあわせた。わたしは何げなく足を組みかえて、足首で彼女の脛をかすめた。さらに重いバスドラムのビートのような五秒間が過ぎ、三人が三人とも微動だにしなかった。ついに彼女がカウチの上で身じろぎした瞬間、わたしたちは弾かれたように互いに向きあい、口と口を激しく押しつけあい、四つの手でもどかしく、狂おしくまさぐりあった。最初の瞬間は乱暴でなければ恰好がつかない気がして、互いに怒っているような、絶対に許してやらないというようなふうを装った。けれども二人で夜の懐ふかくもつれこみ、懐中電灯を消してしまうと、彼女は驚くほど優しく、ていねいだった。

わたしじゃないっていうのは、こういうことだったんだ。これがピップだったんだ。なぜならそう、わたしはずっとかつらをつけたままだった。こういうことになれたのは、たぶんひとえにかつらのおかげだったたし、今もそうだったと信じている。かつら、プラスわたしが泣かなかったことのおかげ。でも本当は泣きたくてたまらなかった、泣きながらどんなに辛かったか彼女に訴えたかった、彼女をぎゅっと抱きしめて、もう二度とどこにも行かないって約束してと言いたかった。お願いだからそんな仕事やめてと彼女に言ってほしかった。仕事をやめたかった。

けれども彼女はそうは言わなかったたし、じっさい「Mr・ピープス」はなくてはならない存在だった。彼女は毎晩ベリマン木材店のバンでわたしを迎えにきて、わたしを地下に連れ帰り、そしてわたしと寝た。朝になるとわたしは家に戻り、やっとかつらを取る。むれた頭を掻きむしり、二時間だけ頭に皮膚呼吸させてから、またバスに乗って仕事に出かけた。そんな夢のような生活が八日間続いた。九日めにピップが、わたしが店に行く前にいっしょに朝ごはんを食べようと言いだした。

そうしたいけど、家に帰って支度しなくちゃ。

そのままできれいだよ。

でも髪も洗わなくちゃいけないし。

髪もきれいだって。

わたしは自分のかつらに触って笑ったけれど、ピップは笑わなかった。

ほんとに、すごくきれいだよ、髪。

わたしたちの目がかち合って、敵意に似たものが交差した。もちろんそれはかつらだったし、彼女だってそれを知らないわけがなかった。なのに彼女は突如として、わたしのぺてんを糾弾することに決めたらしかった。彼女と自分が細い剣を高く掲げて決闘しようとしている絵が浮かんだ。

わかった。じゃ、食べよ。

食べたら「Mr・ピープス」まで送ってあげる。

そう。ありがとう。

体じゅうにペンキを塗ってもその人は死なないけれど、足の裏まで塗ったとたん死んでしまうというのはよく知られた話だ。人なんて、それっぽっちの些細なことで死んでしまう。わたしはすでに三十時間ぶっ通しでかつらをつけたままで、ブースでストリップをしたり体を揺ったりうめいたりするうちに、どんどんどんどん体が熱くなってきた。お午《ひる》ごろには顔の両脇を汗が流れ落ちはじめたけれど、その日は千客万来で、男たちはひきもきらずやって来た。帰るときにはアレンにまで、よう、今日は稼いだなチャンプ、と背中を叩かれたほどだった。ピップがバンに乗って待っていたけれど、駐車場を歩いていくあいだが異様に長く感じられた。車の横にうずくまっている男に見覚えがある気がしたけれど、でもちがった、ふつうの人がケージの上にかがみこんで、中の何かに向かって、よしよし、いま家に連れて帰ってやるからな、と話しかけているだけだった。

ピップはわたしをすぐに寝かしつけ、上の同僚のところに行って体温計まで借りてきてくれた。それでもかつらを取れとは言わなかった。熱に浮かされながら、わたしはこれがどういうことか理解した。彼女が森に囲まれた草地にいて、手にはピストルを持っているのが見えたけれど、わたしの手には、見るまでもなく何もなかった。でもわたしにも勝つ方法はあって、それはピストルを持っているふりをすることだった。わたしが口でバンと言って彼女に自分を撃たせれば、わたしの勝ちになる。もしもそうしてグウェンのわたしが死んでも、わたしの残りは生きつづけるだろうか。わたしの残りの部分って何なんだろう。問いに答えられないまま眠りに落ち、夜のトンネルを奥へ奥へと進みながら、こんぐらがった髪を引きちぎっているうちに、かつらが取れてしまった。朝になってもわたしはかつらをかぶらず、ピップも具合はどうとは訊かなかった。訊くまでもなくわたしは大丈夫だった。彼女は店まで送っていくと言わなかった。そして今夜はもうバンの迎えはないことを、彼女もわたしも知っていた。

　わたしは蛍光灯の下で緑色のプラスチックの椅子に座っていた。今日はひどい閑古鳥だった。世界じゅうの男たちがみんな他のことで忙しくて、マスターベーションなんかする暇はないみたいだった。きっとみんな外の世界で犯罪を解決したり、子供たちに側転のやり方を教えたり、立派で高潔なことをしているんだろう。八時間勤務の終わりまであと一時間を切っていたのに、今日はまだ一度もショーをやっていなかった。なんだか気味がわるかった。わたしは時計と入口のドアを見くらべて、その二つのあいだで賭けをすることにした。もし今から十五分以内に客が一人も来なければ、わたしは大声でアレンの名前を呼ぼう。十五分たった。

　アレン！

　はいよ。

　何でもない。

　残りあと二十分。もし十二分以内に誰も来なかったら、わたしは〝わたし〟と叫ぶ。『ミー、マイセルフ、アンド・アイ』の〝わたし《アイ》〟を。七分めにドアがばたんと鳴って、客が一人入ってきた。ビデオを一本買って帰っていった。

　わたし！

　なんだよ。

何でもない。

最後の八分になった。もしお客が誰も来なければ、わたしは〃やめる〃と叫ぼう。これっきり、もうたくさん、帰らせてもらいます、の〃やめる〃を。わたしはドアを食い入るように見つめた。息を一つするごとに、時計が一分進むごとに、今にもドアが開きそうだった。一。二。三。四。五。六。七。八。

わたしはドアにキスをする

I Kiss a Door

わかってしまえば気がつかなかったのが不思議なくらいだ。思い返せば、いちいち思い当たる節があった。たとえばシルバーの平たいボタンのついた、きれいなブルーのウールのコート。彼女に完璧にフィットしていた、ほとんどコートに飲みこまれてるみたいだった。

そのコート、どこで買ったの。

パパが買ってくれたんだ。

ほんとに？　すっごく素敵。

けさ届いたばかりなの。

お父さんが自分で選んだの？　どうしてそんな素敵なものが選べるの。

わかんない。

神様は不公平だ。こんなにかわいくて、最高のバンドのリードボーカルをしているエレノアに、そのうえ高級なお店で彼女のサイズぴったりに仕立てたすばらしいコートを送ってくれるお父さんまでいるなんて。あたしの父親は何にも送ってくれたことがなかった。たまに電話してきたかと思うと、何か仕事をくれないかとあたしに言った。

あたしウェイトレスなんだけど。

でもほれ、ウェイトレスの助手みたいなのがいるだろう。

ボーイのこと？

そう、それだ。

うちの店はボーイなんかいないの。あたしが皿の片付けもやるの。

そこんとこを父さんに下請けに出したらどうだ。時間の節約になるぞ。

悪いけど、お金なら送れないから。

誰が金をよこせなんて言った。仕事をくれと言っただけだろう！

とにかく今は無理。

父さんはな、金なんか欲しいんじゃない。人生に何かやりがいがほしいだけだ！

もう出かけるから。

五十ドルでいい。振込手数料はこっちでもつ。

〈シャイ・パンサー〉がロンドンのライシーアム・シアターでライブをやったときにはエレノアのお父さんも観にきて、あたしはそのとき初めて会った。信じられないほどハンサムで、それもどこか人を威圧するような感じのハンサムさだった。お父さんの前だと彼女は別人みたいにおとなしくなって、正直いつもよりつまらない子に見えた。だから彼女がステージに上がっても、ひどくお門違いのような、誰もあんたの歌なんて聴きたいと思ってないのに、なに勘違いしてるの？　みたいな感じがした。彼女は歌った。

あの人は　まるでドアみたい
あの人の肌は　まるでドアの味
あの人に　キスをするとき
わたしはドアに　キスするの

トレードマークの抑揚のない歌い方も、いつものそっけないステージ・パフォーマンスも、その日はまるで効いてなかった。彼女はすこしもクールじゃなかった。クラスで浮いてる冴えない女の子が、みんなの前で無理やり暗誦させられているみたいに見えた。あたしは舞台の袖で彼女の父親と並んでそれを見ながら、この人わざとあたしの腕に腕を押しつけているんだろうか、それとも単なる気のせいだろうかと、そればかり気にしてた。そう、あたしはエレノアのお父さんを意識していた。そのときだけでなく、ひと晩中ずっと。そのとき彼に言われたことを、あたしはいまだに日に一度は心の中でくりかえす。彼はこう言ったのだ——男は自分より背の高い女性にそそられるものなんだよ。でも今はもうあたしもねんねじゃないから、かならず頭に「天国では」とつけるようにしている。天国では、男は自分より背の高い女性にそそられる。そして天国では死んだワンちゃんたちもみんな生き返るんだわ。その夜の帰り道、エレノアとお父さんはあたしを途中で落とすとそのまま車で行ってしまって、あたしはまるでエレノアに彼を取られたみたいな、妬《や》けるような妙な気持ちになった。もっとも、そのときはっきりそう思ったわけじゃなく、後から考えて理屈をつけただけなんだけれど。

『サンダーハート』がリリースされるころには、あたしはもう彼女と友だちじゃなくなっていた。その夜のことがあったからじゃなく、マーシャルと寝たからだ。べつにこの人はあの子の彼氏じゃないし——マーシャルのジーンズの前にキスしながらあたしは自分にそう言い訳したけれど、彼女がバンドの男の子を二人とも自分のものみたいに思っているのを、本当は知っていた。彼のペニスは長くて下向きに曲がっていたので、うつぶせに寝た彼の上にあたしが乗って、彼の足のあいだから引っ張りだしたペニスをあたしの中に入れるというやり方ができた。言葉だけだと信じられないかもしれないけれど、でも本当だ。図を描いてみればわかるはず。

このやり方、前にもしたことある？　とあたしは訊いた。

いや、ない。

ウソばっかり！

ほんとだって。こんなことができるのも知らなかった。

じゃああたしは恩人ね。これからはいつでもこのやり方ができるんだもん。

うん。でもこれって、たぶん女の子のほうが気持ちいいんじゃないかな。

え、ほんと？　やだごめんなさい。もうやめる？

うーん、そっち、もしかしてこのままイけそう？

そうね、たぶん。

オーケー、じゃあこのままでいい。きみが気持ちいいんなら。

ごめん、やっぱり無理。逆になろ。

エレノアのことを聞いたのは、そのマーシャルからだった。そのときにはもう彼と会わなくなって一年以上経っていて、その間にあたしはジムと出会って、もしかしたらそのころにはもうお腹の中にエイプリルがいたかもしれない。「スピラーズ」のソウルミュージックの棚の前で、マーシャルはあたしに何もかも話してくれた。

え、あの子、両親と住んでるの？　どうして。

いや両親じゃない、父親のほうだけ。離婚したんだ、あそこんちの親。

でもどうして実家なんかにいるのよ。あの子大丈夫なの？

うーん、いや大丈夫じゃないんだろうな。親父さんといっしょにいるってことは。

病気とか？

そうじゃなく。きみ、親父さんに会ったことないの？

あるけど。ライシーアムのライブのとき。

じゃあ知ってるんだろ。

何を。

エレノアとデキてるってこと。

は？

え、なに、知らなかったのかよ。

どういうこと。

親父さんは娘といっしょになるために離婚したんだ。だからエレノアは高校んときずっとランピーターに住んでたんだよ。

うそ。

ほんとだって。高校に行ってるあいだ、ずっと二人で夫婦みたいに暮らしてたんだ。

そんなの信じられない。だって彼女あたしには何も言ってなかった。

ごめん、言わなきゃよかったかな。

どうしてあたしには言ってくれなかったのよ？

ごめん。

でもうそ、信じられない。あの子、お父さんと住んでるの？　そういう意味で？

さあね。誰も彼女と話してないから。

でも、たぶんそうなのね？

うん、たぶんね。

いま、あのときのレコードを出してきて眺めると、それはまるで剣かハンマーのように思える。『サンダーハート』。神鳴《かみな》る心。それは彼女という魂が残した、奇跡のような存在証明だった。誰のものでもない、彼女自身の魂。それを彼女はたった一つ自分が持っている声で、その声をどうにかこうにか使いこなして、歌いあげたのだ。バンドの活動期間は二年間だった。その二年間は、彼女が父親から離れて一人で暮らした唯一の時間だった。そしてあたしの知るかぎり、この世でマーシャルとサルの二人にだけ、彼女は本当のことを打ち明けたのだ。まるで地獄の底から浮上して、たった一つこれを、このレコードだけを作って、また戻っていったかのように。でも本当のところはわからない。もしかしたらべつに地獄じゃなかったのかもしれない。本当に戻りたくて戻っていったのかもしれない。二人は今も一緒にいるとマーシャルは言う。ミルフォード・ヘイヴンで二人で暮らしているのだと。マーシャルがカーディフでライブをやったとき、彼女が見に来たのだそうだ。今も歌っているのと彼が訊くと、彼女は笑って言った。今も？　お世辞がうまいのね。

ラム・キエンの男の子

The Boy from Lam Kien

二十七歩進んだところで足が止まった。低いネズの木のちょうど真横あたり。通りの向こうには「ラム・キエン美容室」があり、背後にはアパートの入口があった。家から出られないわけではないから、広場恐怖症ではなかった。恐怖はいつも家を出て二十七歩め、ちょうどネズの木のあたりで襲ってきた。今までにもいろいろやってきた。ネズの木をじっくり観察してこれは本物の木じゃないと思ったり、いややっぱり本物だと思いなおしたり。たとえここに永遠に立ちつくすことになっても家には引き返すまいと、ありとあらゆることをやってみた。口が曲がりそうに変な味のネズの実を食べていたら、「ラム・キエン美容室」のドアが開いて、男の子が出てきた。たぶんラム・キエンさんちの子供だろう。ビリー・キエンとか。それともラム・キエンというのは名前じゃなくて、何語だかで〝美容院〟とか〝ネイルサロン〟とかいう意味なんだろうか。キエン少年はドアの前にじっと立ち、私も二十七歩めからじっと動かなかった。彼は私が前に進むのを待っているみたいだった。だって人間はみんなそうするものだから。どうやらそうならないことがはっきりすると、男の子は私に向かって叫んだ。

ぼく、犬飼ってるんだ！

私はうなずいた。なんていう名前？

彼の顔が急に悲しげにくもったので、本当は犬なんかいないのだと気がついた。彼が犬を飼っていることを信じる役目に選ばれて、私は誇らしかった。それなら私はまさに適任だ。私を選ぶなんて、見る目がある。しばらくして、彼がまた叫んだ。ポールだよ！　私は言われたとおりにポールを頭に思い描いてみた。男の子といっしょに走り回るポール、男の子と大の仲良しのポル、男の子からエサをもらうポール。

おねえさんは犬飼ってる？　ポールの飼い主はそう言いながら通りを渡って私のほうに歩いてきて、車が来たら轢《ひ》かれそうな場所で立ち止まった。

道の真ん中に立っちゃだめよ。

彼は私に向かって歩いてきて、私をすこしも変に思わず、私の前に立った。

ねえ、何か動物飼ってる？　と彼は訊いた。

ううん。

猫も？

猫も。

どうして？

世話しきれないかもしれないから。しょっちゅう旅行に行くし。

だったら、あんまりお腹のすかない動物を飼えばいいのに。

あんまりお腹のすかないペットのことならよく知っていた。子供のころから、数えきれないほどそういう生き物を飼ってきた。水と熱とで生かされて、フンもしなくて、あんまり小さいから死んだら埋めもせずにただ忘れてしまう、そんな弱々しいペットはもうたくさんだった。もしこんどまた何かと暮らすなら、大きくていつも腹ぺこな生き物がよかった。でもそんなことできるはずがなかった。というようなことは男の子には黙っていた。私の役目は、ただ犬の存在を信じてあげることだけだから。

じゃあ、どんなペットを飼えばいいと思う？

オタマジャクシ。

でもそれだとカエルになっちゃうもの。カエルに家の中をぴょんぴょん飛び跳ねまわられたら困るわ。

ちがうよ、なんないよ、すごく小っちゃいんだよ！　水そうがいるけど。

だめよ、カエルになるから。

なんないってば！　それはべつの魚だよ。

どの？

メダカ。

私はそれ以上追及しないことにした。頭の中で、遊んでいる男の子と犬の横に、水槽が一つあらわれた。中にはちっともお腹のへらない小さなオタマジャクシが一匹入っていた。オタマジャクシは宙を飛び跳ねることも、背中に空気を感じることも、信じられない劇的な変身を経験することも永遠におあずけにされたまま、水槽の中をひらひら泳ぎまわっている。オタマジャクシは永遠に泳ぎまわり、ポールも決して死なないけれど、男の子と私はこうして立っているあいだにも刻々と変わっていく。彼はもう退屈しかけていて、それは成長の一つの形だった。私はだんだん落ちこみかけていて、それは私のせいだった。こんなにいいお天気で、せっかく誰かが進んで話しかけてくれたというのに、それも終わりに近づいていた。男の子のシャツにはアニメのキャラクターがついていた。キャラクターたちは私を避けようとして、彼が私に一歩近づくと一歩うしろに下がった。男の子は私のすぐ前に立つと、私の腕をつねって、ねえ、家に行ってもいい？　と言った。

私は心の底からほっとした。つねられるのさえうれしかった。誰かに何かをしてあげながら、その誰かを傷つけずにいられない気持ちのことはすごくよくわかった。こんなにすぐに家に戻る口実ができたのもうれしかった。男の子を家に入れてドアを閉める瞬間、法律のことがちらっと頭をよぎった。名前も知らないような子供を家に入れてはいけないとか何とか、そんな法律。でも私は彼の見えない飼い犬の名前を知っている。そんな犬が本当には存在しないなんて少しも知らないそぶりで、ポールの名前を口にする自信だってあった。もしも裁判官から男の子が犬を飼っていないという事実を告げられたら、私は心の底から驚いたような、裏切られ、少し怒ったような顔さえしてみせるだろう。涙だってちょっと流す。もしかしたらこの子は私に嘘をついた罪で刑務所に入れられるかもしれない。私は彼のはいているすごいスニーカーを見て、この子ならきっと大丈夫だ、と思った。私はだめ。スポーツウェアを自然な感じに着こなせたためしがない私みたいな人間は、牢屋なんかに入ったらすぐに死んでしまう。

彼はリビングを歩きまわり、以前の私にはとても大切だった、でも今となっては意味のない物たちをいじった。部屋には抽象画がたくさんあった。彼はそれに爪の先で触った。床の上に落ちていた本を拾い、二本指でつまんでもちあげた。本には「大切なパートナーとの愛と悦びをキープし生かし続けるためには」という副題がついていた。私はその本を一語一語マスターしようとしている最中だった。〈パートナー〉までは終わって、これから〈愛〉にとりかかるところだった。でも〈キープし〉や〈生かし続ける〉までたどり着くころには〈大切な〉のことを忘れてしまいそうで不安だった。ましてや〈愛〉や他の言葉を。男の子は本を二本指でつまんだままキッチンに行き、キッチンの隅の床の上にそっと置いた。私がありがとうと言うと、彼は黙ってうなずいた。

なすのチーズ焼き、ある？

ない、と答えた。私たちは寝室に行った。彼はクイーンサイズのベッドに座って靴を脱ぎ、星みたいに手足を伸ばして仰向けに寝ころがった。私は鏡台のブラシをまっすぐに直し、ヘアジェルをそっと引出しのなかにしまった。ヘアジェルを使うような人だと思われるのがいやだった。あたしはべつに使わないのよ、これは友だちが置いていったものなの。それってすごく素敵じゃないだろうか。もし本当に私に友だちがいて、その子がヘアジェルを置いていったとしたら？　もし男の子に訊かれたらそう答えようと思った。もし彼が引出しを開けたら。

二段ベッドにすればもっと部屋が広くなるのに。ベッドと壁の狭い隙間に吸いこまれるようなふりをしながら、彼が言った。

部屋がもっと広くなって、それでどうするの？

いったいどうやったのか、彼はとうとうベッドと壁の隙間に立ってしまった。私が一度も掃除したことのない場所だ。

二段ベッド、欲しくないの？

だって必要ないもの。

そしたら友だちが泊まりに来れるじゃん。

このベッドが大きいから、お友だちはお姉さんといっしょにここで寝るのよ。

彼が妙なものを見る目でじいっと私を見たので、私の心はスプーンみたいに折れ曲がった。ほんとに、どうして誰かが私といっしょに寝なくちゃいけないんだろう、船みたいに二段ベッドに一人ずつ寝ればいいのに。マーヴィンズで二段ベッド売ってると思う？　と私が訊くと、売ってると思うけど、まずお店に電話したほうがいいと思う、と彼が答えた。私がマーヴィンズの売場に電話をしているあいだに、彼は鏡台の引出しを開けた。顔が赤くなるのがわかった。彼はヘアジェルを出して、ジェルをどっさり手の上にしぼり出すと、あっと言う間にそれをつやつやした黒髪につけて後ろになでつけ、鏡を見た。真正面から強い風に吹かれている人みたいだった。あんまりすごい髪形なので、私たちは顔を見合わせて笑った。マーヴィンズの売場が出て、二段ベッドはたったの四九九ドルですと言った。すごくリーズナブルだと思う、と男の子は言った。ぼくもし百万ドル持ってたら、二段ベッドを百万ドルぶん買うんだ。

そろそろ帰ると彼が言うので、二人で玄関に向かった。彼はそれをとてもすまなそうに、まるで彼がいなければ私が生きていけないみたいに言った。私はちょうどいいわ、やらなくちゃいけないことが山ほどあるから、と言った。いかにやることがたくさんあるかを表すために、〝山ほど〟のところで両手を広げてみせた。男の子が私の左右の手のあいだの空間をじっと見つめて、アコーデオンを弾くの？　と訊いた。すると本当に両手のあいだにアコーデオンがある感じがして、もしそうよと答えたら、きっとこの子に尊敬されるだろうな、と思った。ううん、と答えた瞬間、カウチの上にあったクッションがひとりでに落ちた。この現象はときどき起こるのだけれど、いつも見て見ぬふりをしてきた。男の子がちょっと目を丸くしたのを見て、助かったと思った。アコーデオンも弾けないし二段ベッドも持ってないけど、私にはこのクッションがある。ひとりでに動くクッションが。私がドアを開けると、男の子はさよならも言わずに出ていった。彼が通りを渡って「ラム・キエン美容室」に帰っていくのを、私はずっと見送った。彼が店の中に入り、ドアを閉めた。私も玄関のドアを閉め、ごうごうという音に耳を澄ませた。大地がとてつもない猛スピードでこのアパートから遠ざかっていく音だった。巻き起こる竜巻みたいな巨大な渦で、この世の生きとし生けるものすべてを飲みこみながら、大地は笑い声を立てていた——それは何ひとつ努力する必要なんかない者の、嘲《あざけ》るような笑い声だった。私はそっと窓の外をのぞいた。ネズの木から向こうは、見渡すかぎり一面に灰色の靄《もや》が渦巻いているだけだった。私はカーテンを閉じて、合わせ目をきっちり重ね合わせた。部屋の中を歩きまわった。キッチンの隅の床に置かれた本を見つめた。ヘアジェルのキャップをはめなおした。ベッドの上はぐちゃぐちゃに乱れていた。ベッドカバーにできた地形を手のひらでなぞってみた。谷底を川が流れ、山々が肩を寄せ合っていた。なだらかな砂漠のツンドラ地帯があった。街があり、その街に一軒の美容室があった。私は靴を脱ぎ、ふとんの中にもぐりこんだ。目を閉じるのよ、そうささやいて目を閉じ、今が夜だと信じこもうとした。今は夜で、私のまわりに世界はちゃんとあって、ただ眠っているだけなのよ。いま聞こえるこの息の音は私の息ではなく、世界じゅうの動物たちの息の音。動物も、人間たちも、あの男の子も、彼の犬も、みんなみんないっしょにここにいて、みんな寝息をたてている。この大地の上で。夜に。

2003年のメイク・ラブ

Making Love in 2003

〈メイク・ラブ in 2002〉。居間のクッションにはそう刺繍されていた。カウチの反対側のクッションには〈メイク・ラブ in 1997〉、こっちはブルーで、まわりにフリルがついていた。きっと他にもあるのだろうけれど探さないようにした。今年のを見たくなかったし、なかったらなかったで理由を知りたくなかった。二人であの人の帰りを待ちながら、奥さんはわたしに当たり障りのない質問をした。

とっても才能がある方だって、主人が言っていたわ。独学なの？

ええ。でもまだぜんぜん初心者で。もっと勉強しなくちゃって思ってるんです。

でも、出だしは上々のようね。

ありがとうございます。

しばらくするうちに、奥さんはだんだん苛立ちはじめた。あの人がここにいないことと、わたしがここにいることの両方に。あの人が今すぐ帰ってきてくれなかったら、わたしはここを出ていかないといけないのかもしれない。この家に来ることより先の未来は思い描いていなかったから、わたしは絶望した。この一年間、あの人の名刺をテープで貼ったパソコンで毎日これを書きつづけ、やっと書きあがって、書きあがったら電話をしなさいとあの人に言われたから電話をして、だからボールはいま彼の側のコートにあった。わたしをどうにかするのがあの人の仕事のはずなのだ。あの人はわたしをどうしてくれるだろう。本を一冊書きあげたすごく才能のある若い女を、男の人はどうするものなんだろう。キスしてくれる？　自分の娘か妻かベビーシッターにしてあげようと言う？　つぎの出来事が起こる場所にわたしとわたしの本を連れていってくれる？　わたしの脚をさすって泣くにまかせる？　答えを知るために奥さんとわたしは待った。彼女はわたしほど気が長くなかった。わたしはいつまでも待つつもりでいたけれど、彼女はあと五分だけしかあの人に与えなかった。その五分が無言のうちに過ぎると、彼女が立ちあがって、さてと、と言った。わたしは彼女を見あげてにっこりした。どこかよその国から来て彼女のボディ・ランゲージがわからない人のようなふりをした。彼女は唇を真一文字に結び、自分の両手を見おろした。

たぶん今ごろあなたのお家に電話して、日を変えたいって言っているんじゃないかしら。

わたしはうなずいてみせたものの、家に電話なんかかかってきていないのはわかっていた。家にあったものはぜんぶ引き払って車に積みこんであって、車はこの家の前に停めてあった。もうすっかり準備してきたのだ。日を変えるとか、そんな問題じゃなかった。車の中で待つのでも、家で待つのでもよかったけれど、ほかに選択肢はなかった。同じ待つなら家の中がよかった。

わたしなんかいないつもりで、どうぞふだんなさってることをしててください。

こんなに非常識な人間は見たことがない、という目で奥さんがわたしを見た。かまうもんか。車の後部座席に積んであるパソコンにテープで貼りつけられているのは、この人の名刺じゃないんだから。

ふだんは書いているのよ、と彼女は言った。嘘にきまっていると思ったけれど、でもまあ本当かもしれなかった。妹に手紙を書いたり、冬物のセーターを入れた大きな段ボールに〈セーター〉と書いて夏のあいだ屋根裏にしまったりしているのかもしれない。

何を書いてらっしゃるんですか。

何年か前に出した本の続編をね。

え。それはなんていう本。

『時間をさかのぼれ』っていうの。

わたしでも聞いたことがあるのを見越してだろう、彼女はそれを静かに、控えめに口にした。立ちあがった拍子に脚が痛んだ。あの人が帰ってくるまで二度と立たないつもりでいたけれど、それどころじゃなかった。目の前に、かの著名な作家マドレイン・ラングルがいた。わたしはあらためて居間を見まわした。これがマドレイン・ラングルの居間。〈メイク・ラブin２００２〉。〈メイク・ラブin１９９７〉。きっとどの部屋にもこんなクッションが、六〇年代にまでさかのぼっていくつもあるのだろう。彼女の茶色のテーラード・パンツを見ているうちに、いまこの瞬間にもあの人は彼女とメイク・ラブしているのかもしれないと思えてきた。ある限界点を越えると、セックスは永遠に続く波動になる。なかなか家に帰ってこないことがあの人なりの彼女へのメイク・ラブなら、書きたいのに書かずにわたしの相手をするのも彼女なりのあの人へのメイク・ラブ。わたしはマドレイン・ラングルと夫のセックスの一部にすぎなかった。〈メイク・ラブin2003〉の、ちっぽけな部品。自分の計画が甘かったことが、急にいやというほどはっきりした。『時間をさかのぼれ』はすごく面白かったです、続編楽しみにしています、とわたしは彼女に言った。彼女はありがとうと言い、きょう電話がなくてもきっとそのうちにあると思うわ、と言った。彼女はわたしを送っていっしょにポーチまで出た。わたしの車がそこにあった。わたしたちは車を見た。中は物がぎゅう詰めになっていて、トランクからも少しはみ出ていた。わたしは彼女と握手をして、車に向かって歩きながら、このまま車まで永遠に歩きつづけたいと思った。いまこの瞬間だけは、自分がどこに向かっているかがはっきりしていた。わたしは車に向かっていた。

行き先がはっきりしないまま車を運転していると、運転しているという実感がわかないものだ。自動車にはオプションで、一か所で足踏みしていられる機能をつけるべきだと思う。水の上も走れる機能みたいに。それが無理なら、せめてブレーキランプの間にもう一つランプをつけて、どこにも行き先がないときに点滅させて、周りに知らせられるようにしてほしい。このままだと他のドライバーたちをだましているみたいで、ちゃんと正直に申告したかった。けれども運転しているうちに、だんだんとどこか行き先があるような気分になってきた。わたしは誰もわざわざ好きこのんでは左折したがらないようなややこしい交差点で左折したりした。ときには左、左、左と曲がりつづけてブロックを一周し、もとの交差点に戻ったときに周囲の車が前とは入れ替わってしまっていることに軽く失望したりもした。これがスクエア・ダンスなら、最後にまたもとのパートナーと一緒になって、世界じゅうのありとあらゆる人と踊った末にまた彼とめぐり会えたことが奇跡みたいに思えて、うれしさのあまり浮かれて笑いだしたくなるものだけれど、車はちがう。みんな一直線にビュンと行ったきりで、きっと今ごろは職場に着いたり、空港に近づいたりしていることだろう。考えてみたら、車の運転ほどダンスから遠いものはないのかもしれない。せっかく本を書きあげたのに、きみには見込みがあると一年前に言ってくれた人のところに会いに行ったらその人が留守だったわたしは、このまま自分を落ちこませる込み入った方法をつぎつぎ編み出しつづけながら人生を終えるしかないんだろうか。

こういう場合、たいていの人は彼氏の家に行く。行って、泣いて、ティッシュを手渡され、もっと泣く。本当はみんな心の底からハッピーに笑っているべきなのに、そんなことは考えもしない。だってみんなの彼氏は同じ次元の世界に属している、ちゃんと実体のある存在なんだから。べつにでたらめを言っているんじゃない、わたしはそのことでまるまる一冊本だって書いたのだから。マドレイン・ラングルの夫が見込みがあると言ってくれた、あの本。もう一度その内容を繰り返すのはもうこりごりだから、今から書くのはそれの短縮バージョンだ。

十五歳のとき、夜中に黒い影が部屋の中に入ってきた。それは黒いけれど輝いていて、と言うと想像するのが難しいかもしれないけれど、どっちみちこれから話すことは何もかもがちょっと想像しにくいようなことだ。人の形はしていなかったけれど、姿かたちの他は何もかもが人間そっくりだと、直感でわかった。結局のところ、わたしたちを人たらしめている一番大事なものは姿かたちではないのだし。

それがわたしを犯しにやってきたことは、念をテレパシーで送ってきたのですぐにわかった。わたしはパジャマの代わりにだぼだぼのTシャツいっちょうだったので恥ずかしくなった。こういうことがあるから、やっぱり夜寝るときには下着ははいておくべきなんだと思った。怖かったけれど、動いたり息をしたりするぐらいなら死んだほうがまし、というほどの怖さではなかった。わたしは影にじっと目を据えたまま、ベッドからばっと飛び出して床に落ちているデニムを拾おうと考えた。当時はまだ何もわかっていなかったから、たとえば輝く黒いものが動く素早さに比べればヒトの動作なんてスローモーションに等しいなんていうことも、もちろん知らなかった。片方の手をちょっと上げたときには、黒いものはもうわたしにのしかかっていた。ここから先はきっとマドレイン・ラングルの夫が喜ぶと思ったので、まるまる一章かけてたっぷり描写した。でもまあ、早い話わたしとそれはセックスした。それが丸ごとわたしの体の中に入ってくる、という形のセックスだった。黒いものが丸ごとわたしの体の中に入って、内側から輝くのが感じられた――まるで大音量の音楽に導かれて自然と体が動くみたいに。その前の週末、わたしは生まれてはじめて踊りながらセクシーな気分になった。お尻と音楽のビートが結びついて、自分の未来に素晴らしいものが待ちうけている予感がした。でもまさかそれがこんなにすぐに、こんな形で起こるとは思ってもみなかった。後になって考えてみると、あの時のダンスの激しさが、宇宙の彼方からそれを呼び寄せてしまったのかもしれない。自分でまいた種ということじゃなく、身近な男子に向けて発信したつもりのシグナルが、うっかり人間以外のものに届いてしまうことだってあるという意味で。

　現実にあったレイプのトラウマをやわらげるためにそんな作り話をしているんだろう、と言われたこともある。もしその手の説に興味がおありなら、そういうことをする——つまり作り話をする女の子たちについて研究した面白い本がいろいろ出ているから、そっちを読んでくださいと言いたい。初めてのときはたしかに怖かった。でもそれはあんまり気持ちよすぎて死んじゃうんじゃないかという恐怖だった。もしかして、命と引き換えにこんな素晴らしい体験をしてるんじゃないかしら。自分の青い性欲が膨らみすぎて、人間の枠からはみ出してしまいそうだった。自分の体を見おろして、落ちたらきっと死んでしまう、それも何度も何度も死んでしまうと思った。そしてわたしは百万年ぶん落ちつづけた、フルートの音色が急降下するみたいに、落ちながら体の中を駆け抜ける風が音楽を奏でた。やっと着地したときには頭は空っぽ、心もばらばらだった。終わって、わたしたちはぴったり身を寄せ合った。うれしいような恥ずかしいような気持ちだった。影のもやもやの中に手を入れて、こうすると痛い？　と訊いてみたけれど、もちろんそんなわけはなくて、影は何をされても痛がるどころかますます興奮した。ときどき影がわたしの中にすうっと入りこんで、わたしも少し眠っては、もういなくなっちゃったんじゃないかと不安になって目を覚ました。でもそれはちゃんとそこにいて、わたしの体に巻きついて、盲腸の傷跡をわたしには真似できないくらい完璧に見えなくしてくれた。

他にどんなことができるの？

きみを愛すること。

そうじゃなくて、他にも何か魔法みたいなこと、できる？

できないよ。

でも、わたしのことだけ愛してくれるのね？

宇宙の誰よりきみが素敵だよ。

ほんとに？

うん。断トツさ。

同級生のなかには、他の高校の男子と付き合っている子が何人かいたけれど、わたしの気分もまさにそれだった。いつもどこか上の空。心はべつの場所に、キャンパスの外にあるから、何があっても超然としている。遠くの空のオーロラのように。わたしは自分のバインダーに絵を描いた。ハートにもやもやが一つついている絵。ハートとハートでつながった、わたしともやもや。わたしともやもや、それに人間ともやもやのハーフの赤ちゃん。わたしはベッドに入る前にお化粧をして、最初のうちはかわいいネグリジェを着たりもしていたけど、卒業が近づくにつれ、ただ裸で寝て待っているようになった。二人の会話はもっぱらわたしの血の中で済んでいたけれど、たまに影の声を聞きたくなると、カシオのキーボードでF♯と真ん中のCのキーを押した。するとその和音の下から雑音まじりのかすかな声が、とぎれがちなトラックの無線みたいにはるかに聞こえてきた。影と愛しあうときは、いつも狂おしいまでのもどかしさがつきまとった。乳首を吸われると、わたしの口は何かを吸いたくても吸えないじれったさにはち切れそうになった。わたしはだんだん、むこうばかりがいい思いをしていると思いこむようになった。今ならちがうとわかるけれど、なにしろ当時のわたしはまだ物理的には処女だった。キスさえ誰ともしたことがなかったのだ。

別れは大学のときだった。わたしは冷たくつんけんした態度を取るようになり、リアルの彼氏が欲しくてたまらなくなった。黒い影は泣いた。実体のないものは、人間には真似のできない、信じられないくらい悲しげな泣き方をするのだとそのとき知った。わたしも胸をしめつけられたけれど、それは自己憐憫の悲しみだった。覚えたてのフェミニズムをふりかざして、こんな関係は女性性への冒瀆だとか息まきながら、そのじつあのコックと呼ばれるものに興味津々だった。影はとうとうあきらめて、最後に一つ約束をした。いつか人間の姿になって戻ってくる、とそれは言った。そのときの名前はスティーヴだからね。

もし僕がデートに誘ったら、きみはOKしてくれる?

するわ。

顔が不細工で、性格もきみの好みのタイプじゃなくても?

ええ。

うそだ。

ほんとだってば!

急いでるから適当に返事してるだけなんだろ。

だってバスに遅れたらどうしてくれるのよ。

さよなら、ベイビー。

じゃあね、バイ！　あ、わたしのバックパックどこ？

カウンターの上だよ。

あ、ほんとだ。じゃあね！

一年後、わたしは本当にスティーヴという男性と出会った。友だちのお父さんで、ガンで死にかけていた。わたしは二か月間、友だちがお父さんの世話をするのに付き添った。ときどき彼女が病室を出て二人きりになると、わたしはベッドにかがみこんでハイ、とささやき、彼もハイ、とささやき返し、わたしが彼の手を取って、二人ともしばらくじっとしていた。この人はわたしの黒い影ではなかった。でも彼の死にかけている腕をさすっていると、その内側で何かがすごい速さで動いているのがわかった。何かがその中で刻々と速まっていく感じ。彼はすでにこんなに速くなりかけているのに、ヒトの悲しさで、馬鹿馬鹿しいほどのスローモーションで死んでいかなければならない。いよいよ最期が近づくと、わたしと友だちは交代で二十四時間病室に詰めた。二人とも悲嘆にくれて、スティーヴの好きそうなレコードをかけたりしたけれど、本当はどうなのかなんてわからなかった。わたしは自分のあやまちを思い知った――実在のものと引き換えに素晴らしいものを手放してしまうだなんて。スティーヴが死んだあと、わたしはその子と付き合うのをやめ、大学の寮も出た。本を書きはじめたのは、不安だったからだ。忘れてしまうかもしれない。忘れているふりをして、ふりをしているふりをして、そのうちに大人になってしまうかもしれない。大学の指導教官、つまりマドレイン・ラングルの夫は〝素晴らしい創作〟と言ったけれど、これはそもそも記録として書いたものだった。いつかスティーヴとめぐり会ったら、わたしは原稿を彼に見せるつもりだった。そうしたらきっと彼はうなずいて言うだろう、イエス（F♯）、イエス（真ん中のC）、やっと僕を見つけてくれたんだね。さあ僕の膝の上においで、ベイビー。

マドレインの家の前を通って、彼の車があるかどうか確かめようと思いついた。家に行くか作家以外の道に進むか、どちらか一つだった。もしあの家に着く前に他の道を思いついたら、Uターンしてそっちに進もう。わたしは車をのろのろ走らせ、この車が考え事をしているのだということをみんなにわからせようとした。車はわたしの進むべき道を考えているのだ。道ゆく人々がこの車を見たら、わたしを何の職業だと思うだろうと、窓の外に目をやった。でも誰もわたしの車なんか見ていなかった。みんな自分の内側を見つめていた。誰もが自分や自分の車のことを考え、自分の忙しさと睦み合っていた。みんな次の一歩が自分の最後の一歩になるとは夢にも思っていなかったし、じっさいちがった。誰も顔を上げてわたしの車のヘッドライトをじっと見て、「特別支援学校の補助教員だよ」とささやいてはくれなかった。だからマドレインの家のある通りに入ったときも、わたしはまだ作家志望のままだった。

彼の車があった。それもずいぶんと手前に。通りの、彼の家からいちばん遠い端にある家の前に停まっていた。ふつうはそれですぐにピンとくるものなんだろうか。わたしが真っ先に思い浮かべたのはアルツハイマー病だった。こんな、自分の家がどこかもわからないような人に将来を託して大丈夫なんだろうか。わたしが卒業したのは一年前だった。彼が人として壊れてしまうには、充分な時間だった。そうなったらマドレインは彼の世話を何から何までしなければならなくなるだろう。気の毒なマドレイン。しかも彼は車の中に座っていた。そういうのも聞いたことがあった。アルツハイマーにかかって、頭が自動車テクノロジー以前の状態に戻ってしまった人が、ドアの開け方を忘れてしまうという話。車を降りて彼に向かって近づいていくうちに、自分の進むべき新たな道がはっきりと見えてきた。マドレイン・ラングルの夫の介護係。わたしが助けてあげれば、彼女も続編を書く時間ができる。わたしは世の孝行娘たちの（ただしお給料はもらうけれど）鑑《かがみ》となる。誰かから必要とされるって、なんて素敵なことだろう。わたしは車に向かっていった。

最初は彼が膝の上に猫をのせているんだと思った。それからテレサ・ロデスキーだと気がついた。三年のとき「中国古代思想」のクラスでいっしょだった子だ。まだ卒業できていなかったけれど、たぶんこれで卒業は決まりだろう。テレサ・ロデスキーはすごく、すごくかわいかったけれど、ポーリーンという一卵性双生児の妹がいて、ポーリーンは彼女を無限倍にしたくらい、さらにかわいかった。二人を並べて目鼻だちを一つひとつ見比べても違いはわからない。でも差は一目瞭然だった。みんながテレサを見るのは、彼女がポーリーンかどうか確かめるときだけだった。ちがうとわかると、みんな見るのをやめた。もしポーリーンなら、もうちょっとだけ長く見た。これはまちがいなくテレサだった。ついに脇役が天下を取ったのだ。

アルツハイマーじゃないとわかった瞬間にその場を立ち去るべきだった。でもなんだか両腕がチリチリした。わたしは天使になって空から地上を見おろしていた。地上を、そこにある一台の車を、その中にいる二体のヒトを、彼らの魂を、その魂の奥にあるものを――無を――見つめていた。テレサが顔を上げ、わたしたちの目が合った。「中国古代思想」でいっしょだった子、と彼女が思うのがわかった。マドレイン・ラングルの夫が口を開いた。その口から5Wの質問のどれかが発せられようとしているのがわかった。誰、何、なぜ、どこ、いつ。

何だ？

あの子。

あの子って？

もう行っちゃった。

見られたのか？

ええ。「中国古代思想」でいっしょだった子。

なんだって？

クラスでいっしょだった子なの。

冗談だろ？　顔見知りなのか？

あたし、もう行くわ。

くそっ！　なんてことだ！　私のことも見てたか？

いいえ。もう帰ります。

まだいるか?
もういないわ。

人はどうして何かを手放してしまうのだろう。わたしの本は、かつて愛した黒い影をつかむ片方だけの長い手袋だった。中には未熟な白い手が入っていた。まだ生身の肌に触れたことのない、濡れたように皮膚の薄い痛々しい手が。道ですれちがう人みんなに見られているような気がした。食べ物がどうしようもなく変なものに思えた。子供たちはわたしを子供だと思っていっしょに遊ぼうとしたけれど、わたしは遊ぶことも勉強することもできなかった。ただ〝なぜ〟と問うことしかできなかった。なぜ人は生きているの。わたしは新聞の三行広告を、毎週すみずみまで舐めるように読んだ。不動産、求人、カウンセリング、ホームクリーニング、リゾート、バンドメンバー募集、デート斡旋《あっせん》、異性・同性パートナー募集、尋ね人、自動車売買。その中からわたしは〈当方三人組ヘヴィメタルバンド、テクに自信のセカンド・ギタリスト求む〉と〈アンジェラ・ミッチェル　医療ソーシャルワーカー　あなたの心、体、魂と世界の融合をお手伝いするセラピストです〉の二つに絞りこんだ。けっきょくアンジェラ・ミッチェルに決めたのは、ヘビメタバンドのほうには〝百戦錬磨のギグ・プレイヤー〟歓迎とあって、それが何のことかわからなかったからだ。それでもアンジェラのオフィスに上がるエレベーターの中で、そっと「百戦錬磨のギグ・プレイヤー」とつぶやくと、ほんのすこし安心した。どうかアンジェラ・ミッチェルが広告どおりのことをしてくれますように、とわたしは祈った。アンジェラのもとで、自分が黒い影といっしょにペア・カウンセリング兼降霊会のようなものを受けるところをわたしは想像した。

　ところが彼女の大きなふかふかの椅子に座って、オレンジの丸の中にまたオレンジの丸がある抽象画を見ていると、言葉がまったく出てこなかった。彼女のほうから今日はどうしていらしたの、と水を向けられて、やっと、一年以上も前に恋人と別れたんですけど、まだそのことを後悔してるんです、と言った。すると彼女は海より深い同情のまなざしパンチでわたしを打ちのめし、わたしはたちまち泣きだした。わたしを養女にするか、アシスタントに雇うか、レズビアンの恋人になるかしてくれるんじゃないかと一瞬思った。鼻をかんでいると、彼女が『南太平洋』というミュージカルを観たことがあるかと訊いた。

はい、たぶんテレビで一度。

あの映画で、女の人たちが髪を洗うシーンがあったの、覚えてるかしら。

いいえ。

そのときみんなが歌う歌があるんだけれど、覚えている?

いいえ。

「あんな男、頭から洗い流してしまいましょ」というの。

はあ。

言ってる意味、おわかりかしら。

ええ、何となく。

他に何か話したいことは？

あの、わたし何か仕事をしたほうがいいんじゃないかってずっと思ってるんですけど、やっぱりそのほうがいいでしょうか。

それはそうね。


特別支援学校の補助教員は、特別支援の教員が、特別に支援の必要な子供たちに勉強を教えるのを補助する仕事だ。わたしが採用されたとき、バックマン校はちょうど過渡期にあった。もともとはあらゆる種類の障害をもつ子供を受け入れていたけれど、身体的な、目に見える障害をもつ子はみんなローガン教育センターに移されることになったのだ。ローガンには車椅子の生徒向けの最新式の遊具がそろっていて、あとそういう子たちが車椅子から下ろされて、自由に体を動かす練習のできる「ふわふわ部屋」というのもあった。子供たちはそこで、動きというのはただAからBに移動するだけのことではなく、ニュアンスや感情の表現でもあるのだということを、そして彼らは〝新しいジェスチャー〟の創造者なのだということを教えられる。月に一度、マイクロソフトの研究者たちがそこに見学にやってきた。みんな靴を脱いで寝ころがって、周りじゅうで起きていることを体で感じるのだ。パソコンのタッチパッドはそうして生まれたという噂だった。毎週毎週ローガンではどうした、ローガンではこうしたという話が入ってくるたびに、わたしも生徒たちも、どうせ自分たちは最先端じゃないんだという気分にさせられた。ここに来るのはうんとゆっくりしか読めない子、速く読んで何一つ理解しない子、神経質すぎて勉強できない子、はしゃぎすぎて勉強できない子、ムカつきすぎて勉強できない子たちなどだった。勉強がどうのこうのという以前の問題だ。

　年長の子たちは、リタリンやアデロールのオレンジ色のボトルを机の中に入れておくことが許されていて、ほんのちょっとしたことでも手を挙げて、教室から出ていっていいと法律で決められていた。リタリンの副作用は、頭痛、不安感、睡眠障害、興奮、胃腸障害、焦燥感。わたしの仕事は、読み書きが特別に遅れている子たちを手助けしてあげることだった。自分がどこに向かっているかが、ここでははっきりわかっていた。ページを下に向かって進んでいき、いちばん下まで行ったら次のページのいちばん上に行く。これなら永遠にだってできそうな気がした、なぜならすべてが等価値だったから。教室でのわたしは忍耐《ペイシャンス》を絵に描いたようだった。忍耐づよく言葉の意味を説明し、忍耐づよくスペルの間違いを直し、忍耐づよく単語を一文字ずつゆっくりゆっくりゆっくり――ペイッシャァァンス――発音する。

　春になって、オブリーという特殊教育校がアスベストのせいで閉鎖になったため、そこの生徒と先生を全員バックマンで受け入れることになった。ローガンに生徒たちが移ったあとだったから教室に余裕はあったものの、それでも悪夢だった。子供たちはすぐになじんだけれど、先生どうしは嫁と姑みたいに互いにいがみあった。双方自分たちのやり方が正しいと信じてゆずらず、教職員控え室にはしょっちゅうクリップボードには嘆願書が吊るされて、ベルの前に生徒たちを並ばせるのに反対だとか、筆記体使用に賛成だとかをめぐって署名を集めていた。わたしは筆記体派だったから、筆記体賛成のほうのクリップボードに名前を書いた。それから控え室を出て自分の教室に戻った。教壇の上を片づけて、黒板に〈PUEBLO（プエブロ・インディアン）〉と書いた。最後のOは息を止めながら書いた。ゆっくりと、気が遠くなるくらいゆっくりと。教室のドアをノックする音がするのとOを書きおわるのが同時だった。チョークを置いてドアに向かった。心臓が高鳴る。息を殺す。どうしてか、わたしにはわかっていた。ドアを開けた。灰色がかった茶色の髪、背はわたしより高かった。動物っぽい顔、猫とキリンを足して二で割ったような、言葉のない場所ですべてを語りかけてくるような顔。服装はすてきに無造作で、その下にある裸の体の形をゆるやかに指し示していた。遅れてごめんなさい、と彼は言い、いいのよ、来てくれたんだもの、とわたしは言って、彼をハグした。すると彼の中の黒いものが一瞬わたしを包みこんで、久しぶりだねベイビー、と血の中にささやきかけた。彼は体を引いた、彼の中のティーンエイジャーが体を引いた、でも彼の目とわたしの目は手と手のようにしっかり結びついていた。彼がわたしに手紙を差し出した。

先生様

スティーヴ・クラウスをしばらく欠席させましたこと、お許しください。オブリーにいた最後の週に気管支炎にかかり、治るまで四月いっぱいバックマンに行かせるのを控えておりました。もう良くなりましたので、遅れを取り戻すようがんばります。

よろしくお願いいたします。

マリリン・クラウス

もちろん目から鼻に抜けるような子であるわけがない。とにかくぼーっとしていた。昔のわたしが彼を必要とするティーンエイジャーだったように、こんどは彼がティーンエイジャーとなってわたしを必要としていた。だからわたしは彼を助けた。彼の机の横につきっきりで座り、パラグラフからパラグラフへ単語を一つずついっしょに声に出してゆっくり読みあげ、苦労してヒトの文章に組み立てていったけれど、できあがってみるとそれはほとんど何も語っていなかった。急に言葉がとてもちっぽけなものに思えてきた。アナタハ昔ワタシノ見エナイ恋人ダッタノヨ、と言ったところで何が伝わるわけでもなかった。もちろんわたしはまっ先にそれを試した。自分の書いた本、わたしを作家にはしてくれなかったあの本を教室にもってきて、彼がプロローグを――この物語がフィクションであることの肯定と否定と、それから彼つまり黒い影への謝辞を――最初から最後まで声を出して読みあげるのを、どきどきしながら聞いていた。わたしのハンサムな、声変わりしたばかりの、軽い自閉症の、昔の恋人。未来の恋人。

じゃあ、ちゃんと理解できてるか今からテストするわね。いい？

はあい。

これは本当のお話でしょうか。

うん。あ、待って――ちがう！　ほんとの話じゃない！

残念。ほんとの話よ。

あー、そうじゃないかって思ったんだけど、もしかしたらひっかけ問題かもしれないって思ったんだ。

ううん、ぜんぶ本当の問題よ。

そっか。

じゃあ、ここに書いてある「十五歳のとき、夜中に黒い影が部屋の中に入ってきた」というのは誰のことでしょう。黒い影って誰だと思う?

だれか?

そう。この人のお父さんかな? それともあなたかしら? 誰だと思う?

んーーーーーーと、んーとんーとね、ここ読んだだけじゃまだよくわかんないよ。

正解。わからないの。

あ、やっぱりひっかけ問題だ。

そうね、ごめん。

そう、二人のあいだには壁があった。わたしは彼を知りつくしていたし、彼も心の深い部分ではわたしを知っていた。彼にそのことを思い出させることができるかどうかは、特別支援の補助教員であるわたしの腕にかかっていた。なんだかサリバン先生になったみたいな気分だった。サリバン先生がヘレン・ケラーの顔に井戸の水をざぶざぶかけ、ヘレンが先生の手の上で最初はゆっくり、だんだんと速く、最後には泣き笑いになりながら何度も何度も〈水〉と指文字でつづる、そんな劇的な瞬間がいつかきっと訪れるはず。そのときのことをサリバン先生はこんなふうに書いている――「ふいに私は忘れていた何かを思い出しかけているような、言葉にならない感覚に打たれました。何かが記憶の底からよみがえってくるときの、あの震えるような喜び。そのとき私は言葉の神秘を垣間見ていたのだと思います」。ただ、わたしたちが垣間見なければならないのは言葉ではなく神秘そのもの――言葉以前の、まだもやに包まれた神秘そのものだった。彼の中にみなぎる黒が、わたしには見えた。休み時間にバスケをする彼の足は地面から浮いていた。本当に、ときどき彼は飛んでいた。鳥のようにではなく、人間らしい控えめな飛び方ではあったけれど。

もちろん特別支援の補助教員のわたしにできることには限りがあった。でも、祈ることはできた。彼の目をじっと見ながら、ひたすら「もしもし、もしもし、もしもし」と念を送った。ときどき影が返事をすることがあって、そんなときは自分の太腿にぎゅっとこぶしを押しつけていないと、脚が勝手に男の子を迎えにいってしまいそうだった。そして男の子は男の子で、その歳ごろらしい抗《あらが》いがたい魅力を放っていた。おでこに汗で貼りついた髪を手ではらう仕草。鉱物っぽい体臭。エンピツを握る手、エンピツを握る、握る、その手！　以前のわたしたちの関係はしごくシンプルで、互いに互いを完璧に所有しあう夢の恋人関係だった。けれども今回は前にはなかった要素が加わっていた。男の子、そしてわたしの体の奥ふかくに刻みつけられたこの気持ち――彼をファックしたい、十五歳のころ彼がわたしをファックしたみたいに彼をファックして、そして宇宙の涯まで飛んでいってしまいたいという気持ち。

わたしはしだいに、黒い影との距離はもうこれ以上は縮まらないかもしれないと思うようになった。だから彼に読み書きを教えることにも、だんだん前ほど熱心でなくなった。二人の関係に読み書きなんてたぶん関係なかったのだ。べつにみんながみんな読み書きができるようになる必要なんかない。言葉に背を向けることにだって立派な理由があって、その一つが愛だ。この子に読み書きの障害があるということは、影がわたしに愛してる、僕はここだよ、わかるかい、と言っているということなのだ。もうそれだけで充分じゃないの。それに、いつの頃からか男の子がわたしに恋をしはじめていた。それは怖いくらい、目がくらむくらい、信じられないくらい甘美なことだった。たぶんわたしはこういうことを、高校時代にまるきり経験しそこねてしまっていたのだ。彼がわたしを見、わたしから目をそらし、またわたしを見、また目をそらし、エンピツの芯が折れてクソと言い、うろたえ、わたしの脚を見、それから床を見る。親の仇みたいにリノリウムの床をにらみつけているけれど、たぶん見ているものは床ではなく、若い先生のおっぱいやお尻の割れ目や、自分がそれにするこんなことやあんなことだ。彼が自分の股間のふくらみをちらっと見て、ちゃんと机で隠れているかどうか（隠れていた）確かめる姿ほどいとおしいものを、わたしは他に知らなかった。

それが起こるとすれば、パターンは一つしかない。学校からの帰り道、生徒が道を歩いていると、教師が車で通りかかって、家まで送ってあげようかと声をかける。男の子が教師を見る。太陽の光がまともに目に入って男の子が目を細め、瞬間、太陽の光と男の子の目の細まりを残して、地球上のすべてのものが静止する。鳥たちまでもが動きを止める。教師は細めた目と太陽の光に一瞬金縛りにあったように動けなくなるけれど、それで男の子が助かることはない。彼女が身を乗り出して助手席のドアを開け、その動作とともに男の子の子供時代は終わりを告げ、彼は大人になる。

家まで送ってあげようか。

うん、先生がいいんなら。

何時までにお家に帰らなくちゃいけないとか、あるの？

ううん。

どこか行きたいところはある？

どこかに車を駐めようよ。

最初の半年間は、ただただ感嘆しっぱなしの毎日だった。他のカップルを見るたび、どうしてあんなに冷静でいられるんだろうと不思議でならなかった。みんなまるで、手なんかつないでないみたいに手をつないでいた。スティーヴと手をつなぐとき、わたしはそれが夢でないことを確かめるために何度も何度もその手を見た。これはわたしの手だ、昔からあるいつもの手――ああ、でも見て！　この手が握っているものは何？　スティーヴの手よ！　スティーヴって？　わたしの三次元のボーイフレンド！　来る日も来る日もつぎに何が起こるのかと、不安と期待が半々だった。願いがかなったら、幸せになってしまったら、いったい何が起こるのか見当もつかなかった。きっとこのままずっと幸せでいつづけるのよ。今度こそは幸せ慣れして大事なものを手放したりしたくなかった。そんな失敗は一度でこりごり。

問題がないではなかった。まず、わたしたちがかつて恋人どうしだったことに彼が気づいていないということ。でもそれもだんだん気にならなくなった。愛はどっちみち血の中で起こっているのだから。彼は二人のあいだに通うものを〝変な感じ〟と表現したけれど、まさにそのとおりだった。彼の膝の裏にキスしてあげると、脚が歌いだす。彼が後ろに手を回してわたしを自分の背中の上に引っぱりあげ、わたしは温かなビーチの砂に寝そべるように、そのまま彼の上に乗っかっている。それだけでいい。他には何もいらない。これこそが幸せ。

歳の差の問題もあった。うんと年下の相手と付き合っていると、同じような歳の差カップルに自然と目がいくようになる。自分より十五とか二十とか若かったり年上だったりする相手と付き合っている人とたまたま行き合わせたりすると、どちらからともなく会話が始まった。

年下の子のほうがだんぜん燃えるのよね。

わかるわかる。もう同世代の男とは付き合う気がしないわ。最低でも十は下じゃないと。スティーヴがちょうどそう。わたしが年上っていうところも気に入ってるみたい。

でしょうね。男はみんな年上の女に憧れがあるもの。マザコンなのよ。

そうね。ま、さすがに彼のママよりは年下でほっとしたけれど。

あたしはアウト。ゲイブのお母さん、四十だもの。

え、うそ。失礼だけど、おいくつ？

四十三よ。あなたは？

わたしは二十四。

そうやって、わたしたちはだんだん多くを語らなくなる。さいわいなことに、どっちみち誰も自分のこと以外には大して関心がなかった。みんな、相手が自分や自分の知っている誰かを殺そうとしていないかどうかだけ確かめて、そうでないとわかるとまた自分の話に戻ってしまう――自分との関係でついに殻を破れそうな気がするとか何とか。みんな、しょっちゅう自分の殻を破っているようなことを言う。ドアーズの『ブレーク・オン・スルー』っていう歌みたいに。でもわたしは本当に殻を破った。一度ならず二度も自分の殻を破って、今では宇宙も孔《あな》だらけででたらめで、誘惑してその気にさせたり、さんざん玩《もてあそ》んだりできるもののように思えた。そしてそのいっぽうで、わたしは相も変わらず特別支援の補助教員だった。わたしは生徒たちを片っ端から補助していった。子供たちの奥底に眠るエネルギーと直接交信して、読み書きができるようになるとまではいかなくとも、何かしら楽しみを見いだせるように導いた。みんながいつの日か愛を知ってくれればいいと思った。女の子たちにはしゃんと胸を張って、恐れず暗闇に向かっていってほしかった。男の子たちにはもうちょっと落ちついてほしかった。教室の後ろのほうに、話をまるで聞かない男の子の一団がいた。授業中に手紙を回しあうのに、その紙をなるべく小さく折り畳もうとさえしない。大きな白いヨットの帆みたいな紙切れが、後ろの席を行ったり来たりするのが見える。あんまり腹に据えかねたので、一度こらしめてやることにした。もう二度とそんな馬鹿でかい紙を回そうなんていう気を起こさないように。だいたい何のために紙を折るっていうことが発明されたと思ってるのよ？　最初のヨットの帆が見えた瞬間、わたしは教室の後ろまで突進していってそれを取り上げた。紙は二つに折ってさえなくて、こんな言葉が書いてあった――〈ケイトリンはスティーヴ・Kにフェラしてる〉。

自分の名前でなかったことにほっとするべきだったのかもしれない。でも少しもほっとしなかった。呼吸が裏返った。こんな事態はまるで予想もしていなかった。脚がぐにゃぐにゃに崩れて痙攣の波に変わり、ふいにわたしは人がピストルを好む理由を理解した。撃ちたいとかじゃない、それは絶対にちがう、暴力には断固反対だ。そうじゃなく、ただ持っていたいのだ。それがどこかにあると知っていたいのだ。もしいまわたしの家の引出しにピストルが入っていたら、わたしはそのことを思い出して心を平静に保てただろう。大きく一つ深呼吸をして男の子たちを叱ることができただろう。でもピストルはなかったから、わたしはまっすぐケイトリンの席に向かった。彼女のまん丸な顔を上から見おろして、ちょっと廊下までいいかしら、と言った。空気をきちんと加工して、正確な音にするのが難しかった。ケイトリンは立ちあがり、わたしの先に立ってすたすた教室を出ていった。スティーヴの前を通ると、先生に悪事を見つかった十五歳のように下を向いていた。ケイトリンとわたしは廊下に立った。廊下はワックスと熟れすぎたバナナの匂いがした。

あなた、スティーヴにフェラしてるの。

どのスティーヴのこと?

スティーヴ・Kよ。

ああ。ちがうほうのスティーヴかと思った。

スティーヴ・ゴンザレス?

うん。

そうじゃなく。あなた、スティーヴの彼女なの？

スティーヴ・ゴンザレス？　ちがうよ。

スティーヴ・Kのほう。

ああ、うん。付き合ってるんだ、あたしたち。

ケイトリンは髪を編みこみのお下げにして、〈トミー・ガール〉とロゴのあるトレーナーを着ていた。わたしを前にしても、すこしも物怖じしていなかった。先生そのイヤリングどこで買ったの、と彼女が訊くので、クリスマスに伯母さんからもらったのよ、と答えると、あたしクリスマスに何にももらえなかった、と彼女が言って、二人で教室に戻った。わたしはスティーヴを見なかった。スティーヴのほうが積極的だったのか、それとも黒い影が女子高生に興味があったのかはわからない。というか〝黒い影〟とかって、自分が何を言っているのかもわからなかった。わたしはほてった顔を数秒間だけ黒板に押し当て、それからチョークを取って〈PEACE（平静）〉と書いた。特別支援の補助教員をやっていて一つだけよかったことは、いつでも好きなときに黒板に〈ピース〉と書けることだった。誰に文句が言えるだろう？　だってピースだ。書いて悪いわけがない。


けさ、隣の家の人が庭の木をチェーンソーで刈りこむ音で目を覚ました。わたしが起きあがればお隣さんも刈るのをやめる、とわたしは頭のなかで思った。木はどんどんどんどん小さくなっていった。やがてちびた切株だけになって、それでもわたしが起きないので、お隣さんはしかたなく地面にもぐって根っこを刈りはじめ、それでもまだわたしは起きあがれなかった。とうとう根っこも尽きて、お隣さんが地中をどんどん掘り進めはじめたので、わたしは彼が地球を突っ切って中国に着いたら起きようと自分に言い聞かせた。さすがにまる一日かかった。わたしは泣きながら体をぎゅっと縮めたりぴんと伸ばしたりした。体が勝手にそうなってしまうのだ。胸が痛くて、身をよじらずにいられなかった。嘆き悲しむためだけに作られた一片の筋肉になったみたいな気がした。それでもお隣さんがマグマに到達するころには、わたしは動かなくなっていた。疲れ果てて虚《うつ》ろに真上を見あげ、全身が目になって天井をまじまじと見つめていた。お隣さんが上海の道路をぐいぐい押し上げるころ、信じられないことに、お腹が減ってきた。体は勝手に生きたがっていた。お隣さんが道路を突き破って上海の地上に飛び出すのと同時に、わたしもむっくり起きあがった。彼はそのままぐんぐん上昇して木々を突き抜け、雲の中に入り、宇宙に飛び出して天の川を二つに切り裂き、星も塵も突っ切った。そして巨大な円軌道を描いて宇宙をぐるっと一周すると、ふたたび隣家の庭にすとんと着地した。カーテンを持ちあげて覗くと、お隣さんはスプリンクラーを出しているところだった。もう夕方だった。もしお隣さんがこっちを見たら、わたしは生きよう。こっちを見て、こっちを見て、こっちを見て。まるで自分の意志でそうしたかのように彼が目を上げ、わたしは手を振った。

作者注：マドレイン・ラングルは実在の作家で、『時間をさかのぼって』という作品も書いていますが、ここで登場する同名の作家および彼女の夫はフィクションであり、お二人とは無関係です。

十の本当のこと

Ten True Things

ときどき「どうしてこんなところにいるのよ?」って言いたくなるくらい裁縫が上手な女の人が、ソーイングクラスの初級コースにいたりすることがある。わたしが思うに、そういう人たちは自己評価がすごく低いのだ。はたから見たら何もかもうまくいってて、わたしたちなんか足元にも及ばないくらい才能に恵まれてるのに、本人は病的なくらいゆがんだ自己イメージをもっている。その点、わたしは自分の裁縫能力をちゃんと正しく認識している。ものすごく下手。ところが驚いたことに、下には下がいた。クラスでわたしの隣に座っている、小っちゃいアジアンの女の人。最初は、きっとこの人すごく裁縫がうまいんだろうなと思っていた。地球上の服のほとんどはアジアの女性の手で作られているんだし、ことにキモノを縫うとなったら、このチャイニーズだかジャパニーズだかの女の人とわたしとどっちが上手かなんて、考えるまでもないと思っていた。ところがところが。わたしはつくづく自分の人種的偏見を反省した。そもそもこの人、自分がキモノ・スタイルのローブを縫うんだってことが本当にわかってるんだろうか。もしかして犬用の寝床か何かと勘ちがいしてないだろうか。最初のうちは彼女のことが気になって気になって、作業どころじゃなかった。何がすごいって、先生の指示をあり得ないくらいに取りちがえるのだ。たとえば先生が、生地の余った部分をハサミで切り落としてください、と言ったとする。するとこのアジアンの女の人は、ピンク色のネルの布地をきちんと半分に折ってマチ針で留め、すました顔で次の指示を待っている。こんなふうに何もかも言われたことの逆をやっていったら、どうなるんだろう。これで完成したと、どうやってわかるんだろうか。だいいち、どうしてこれを誰も何とかしようとしないんだろう。わたしが何とかするべき？　でもどうしろっていうのよ？　するとある日、教室を見てまわっていた先生が私のを見て、今のその五本ステッチ、ほどいてやり直しね、と言った。わたしはあやうく叫びそうになった――あたしの五本ステッチ？　あたしの縫い目はすくなくとも人類の着るもの用よ？　彼女の五本ステッチはあれでいいわけ？　するとまるでわたしの心を読んだかのように、先生が彼女の肩に手を置いて、まあスー、あなたってとってもアーチストね、と言った。するとスーが笑い、先生も笑い、二人はいっしょに笑った。意味がわからない。世の中はわたしの知らない謎に満ちているらしい。でもべつにかまわない、だってわたしは裁縫を習いたくてこのクラスに通っているわけじゃないんだから。わたしがここに来るのには、わたししか知らない秘密の理由があるのだ。

　彼はわたしがパソコンのことを何も知らないと思っているらしいけれど、あの人が一日じゅうメールばっかりやっていることぐらいはわかる。表計算ソフトとメールソフトの違いもわからないほどのパソコン音痴じゃない。彼はパソコンの音を消しもしないので、四六時中メールの着信音がポロンポロンこっちまで聞こえてくる。それをわたしは計算の音だと信じているふりをしなくちゃならない。ごきげんなメールが——つまりエロなやつが——来たときは、態度ですぐにわかる。いきり立つ心臓をしずめようとして、わたしに対して妙にくだけた、気安い感じになるのだ。べつに文学的な表現でもなんでもない、本当にシャツの胸ポケットのあたりがバクバク動くのが肉眼でわかるのだ。わたしはこの男のことを何でも知っている。やることなすこと、すべてお見通しだ。彼の秘書なのだから。

以前、事務所は二部屋あった。彼のオフィスと、わたし用の小部屋。でもやがて、いろいろと大変になってきたので一部屋を二人で共有したい、と彼が言いだした。〝大変〟ね。彼は十三と七十二を足す。ええと三たす二は五で、メールをチェック、一たす七は、メールをチェック、八、メールをチェック、だから合計は、ああ俺なんでこんなことやってんだろう、八十五。こうやって彼は、長い一日を気が遠くなるくらいゆっくりゆっくりすり減らしていく。もっと人間が大きければ、こんな一日さっさと安楽死させてやるだろう。もっとマシな会計士だったら、本当にちゃんと会計をするだろう。けれどもうちの事務所は、うちよりほんのすこしだけ安い他の会計士に仕事をやらせて、その差額でしのいでいる。そう聞くとみんなびっくりしたような顔をしてみせるけど、ほんとはみんなもわかってるはず。そういうことをやっている会計士はけっこういる。インド料理のレストランと同じだ。サグ・パニールですか？　当店の自慢料理でございますよ。ウェイターは注文書きをコックに渡す、するとコックはそれを下っぱのボーイに渡し、ボーイはひとっ走りして、近所のもっと安手のインド料理屋でサグ・パニールをテイクアウトで買ってくる。高級なレストランほど料理が出てくるのに時間がかかるのは、そういうわけだ。ひとっ走りにかかる時間。うちの事務所の場合、そのボーイに当たるのがわたしだ。わたしが本物の会計士に仕事を頼み、わたしが彼の面子を保ってやっている。なんで彼はわざわざそんな面倒な思いをしてまで会計士のふりをしつづけなくちゃならないのかって？　引っこみがつかなくなったからだ。何かを公言してしまって、そうしないわけにいかなくなって、周りからもそう思われて、もう今さら本当のことなんて言えなくなるというパターン。たぶん彼は、最初のデートで自分は会計士だと彼女に言ってしまったのだ。それでまず〈会計士　リック・マラソヴィック　236―4954〉と書いた名刺を作って彼女に渡した。そしてその番号のために電話を引き、電話を置くためにデスクを買い、デスクを置くために事務所を借り、そしてわたしを雇った。だから彼もわたしも、言ってみれば彼女のために働いているようなものだ。

わたしは彼女という人に興味がわいてきた。ものすごい美人なんだろうか。こんな嘘も見抜けないほどの節穴なんだろうか。それとも彼女もやっぱり嘘つきで、二人は共犯なんだろうか。わたしは心理学なんてものを信じない。心理学によると、人間の行動の動機はすべて自分自身にあるのだそうだけど、そんなの絶対に嘘だ。人間は社会的な生き物で、だから何をやるにしても、理由はつねに他の誰かにある――その誰かを好きなのであれ、嫌いなのであれ。彼女は事務所に来たことは一度もないけれど、電話はときどきかけてくる。彼はたいてい留守だと言えと言う。
リック・マラソヴィック事務所です。
もしもし、デイナ？　エレンです。
こんにちは、エレン。
（リックが首を振って合図する。縦に振ればいる、横に振ればいない。）
リックはいるかしら。
いま外出なさってます。何かお伝えしましょうか？
帰りにお店に寄って、フラワー・エッセンスを買ってきてほしいの。
フラワー・エッセンスって何ですか？
お花のエキスで作った、まあお薬みたいなものね。
ローズウォーターみたいな？
そうね、ほしいのはローズじゃなくて、ピンク・モンキーフラワーなんだけど。
それは何に効くんですか？
肉体的コンプレックスを取り除いてくれるの。
わかりました、お伝えします。
（またべつの日）
もしもし。リック、いる？
いえ、いまお出かけです。何かお伝えします？

帰ってきたらすぐに電話するように言って。

緊急事態ですか？

え？

急ぎのご用ですか？

すごくヒマなの。

わかりました、伝えます。

こんな調子で何年もかけて、わたしは少しずつ彼女のことを知っていった。リックのときとは全然ちがう、彼とは毎日顔を突き合わせて、顔の汗が潮の満ち引きみたいに出たりひっこんだりする様子まで見たくもないのに間近に見てきた。でも彼女とわたしは、ツタがあいている場所に向かって伸びていくようにして伸びていった。彼女のなかには、わたしのための場所がある気がした。拒絶しようと思えばできるタイミングがあっても、彼女はそうしなかった。彼女は自分からは何も訊いてこないかわりに、逃げもしなかった。わたしが他人にまず求めるものはそれだった。逃げないこと。足元に赤いカーペットを敷いてあげないと友情関係に踏みだせない人というのはいる。周りじゅうから、いくつもの小さな手が自分に向かって木の葉みたいに差し伸べられていても、その人たちにはそれが見えないのだ。

リック・マラソヴィック事務所です。

ハイ、デイナ。エレンよ。

ハイ、エレン。

リック、いるかしら?

ついさっき外出されました。何か伝えましょうか?

きょうは遅くなるって言っておいてほしいの。

どうかしたんですか?

裁縫のクラスに通うことにしたの。初心者コースだけど。

どちらの?

成人教育センター。

わかりました、伝えます。

手が差し出された。女の人の乾いた手が指を開いて差し出され、わたしはそれをつかんだ。

その日わたしは早退し、クラスに行く前に、自分のアパートの部屋をじっくりと観察した。そこにあるすべてを彼女の目で見なおしたかった。これから誰かと関係を築こうというとき、わたしはいつもこれをやる。自分がどんな感じの人間かを自分でわかっていたほうが、相手にもわたしのことをわかってもらいやすいと思うからだ。わたしは肉体的コンプレックスを抱えていて裁縫に興味がある人の気持ちになって、家の中を歩きまわった。そうしてキッチンのものをいくつか並べかえ、ベッドの上にいちばん上等のセーターを無造作に放り投げた。テレビの埃をきれいに拭いて、でも机の上の紙類はわざと乱雑にした。彼女がここに来なくても、彼女と初めて出会ったあとでここに戻ってきたわたしは、きっと前もってこれをやっておいた自分に感謝するだろう。

授業の最初に自己紹介ゲームをやってくれなかったので、どの人がエレンなのか、すぐにはわからなかった。ある時期を境に学校で自己紹介ゲームをやらなくなってしまったのは、わたしみたいな人にとってはすごく残念なことだ。みんなで輪になって順番に自分のことを話していくのが、わたしは大好きなのだ。みんなで輪になって、何周もひたすら自己紹介を続けて、ついには自分のことを何もかもすっかり話してしまえる、ただそれだけをやるクラスがあればいいのに。裁縫クラスの教室は机が平行に並んでいたので、なかなかみんなの顔が見られなかった。シンガーのスクールモデルのミシンがぜんぶで十四台あって、わたしたちは他の誰かの背中を見ながらミシンの前に座った。へんな話、ミシンというのは予想もしていなかった。何となく、女たちが針と糸を持って輪になって座り、おしゃべりしながら手を動かしているような図を想像していたのだ。みんなで一枚のキルトを縫う、あの寄り合いみたいなやつ。それでも、先生がみんなの直線縫いを一人ひとり見てまわっているときにうんと耳をすましていると、すぐ前に座っている茶色いふわふわ頭が、ボビンに糸がうまく通せないんですけど、と小声で訴えるのが聞こえた。その〝ボビンに糸が〟の言い方が、どことなく〝ピンク・モンキーフラワー〟の言い方を思わせた。きれいな茶色の頭、ふわふわの茶色い髪、きれいなきれいな髪、きれいなふわふわの頭。次の日オフィスで、わたしはリックを初めて見るような目で見た。この人のどこにそんな良さがあるんだろう。あのふわふわした柔らかいものを引き寄せるだけの何かがあるんだろうか。もしかしたらあるのかもしれない。もしかしたらそれはあるのに、わたしみたいに彼のことをどちらかというと嫌っている人間の目には、見えないだけなのかもしれない。

次の週末、「ファブリック・デポー」で赤と青のチェックの布地を買って店を出ようとしたら、彼女が車から下りてこちらに向かってくるところだった。わたしは足を止めたものの、考えてみたら、真後ろの席に座っているわたしの顔を向こうが知るはずがなかった。だから何も言わずにそのまますれちがい、ネイチャー系のドキュメンタリー番組で、カメラにすこしも気づかずに動きまわる野生動物を見るように、店に入っていく彼女を見送った。翌日のクラスで彼女が取り出した生地を見て、わたしは息をのんだ。羽根の絵柄の生地だった。地球上のありとあらゆる鳥から取ってきたような、ありとあらゆる色と形の羽根が描かれていた。しかも後ろから覗き見たかぎりでは、それは絵というより写真みたいだった。今ってそういうこともできるんだろうか。フランネルの生地に写真を印刷するようなことが。わたしは彼女が世界じゅうを飛びまわって、いろんな鳥の写真を撮る姿を思い描いた。鳥たちは彼女のまわりを群れ飛び、彼女に飛び方を教え、彼女は仰向けになって、すこしも恐れずのびやかに空を飛んでいく。彼女は今週もボビンに糸をうまく通せずにいた。わたしもだった。スーはボビンを丸ごと取りはずし、床の上に置いた。ボビンなしで正々堂々、悪びれる様子もない。さすがはスー。

エレンのほうから先にこちらを振り向いた。こういうことはよく起こる。わたしの体が大きいせいだ。小さいものは大きいものに吸い寄せられる。それが海とか川なら、小さいほうは大きいほうに飲みこまれて一つになる。わたしたちは一つにはならなかったけれど、授業が終わったあと自己紹介しあい、そこでわたしは彼女の夫の秘書であることを打ち明けた。彼女の話を聞いて自分もこのクラスを取ろうと思ったこと、彼女と仲良くなりたいと思っていることを話した。誰かと友だちになろうと思ったら、隠しごとをしないことが肝心だ。彼女はうなずき、本当に何から何まですごくかわいらしかった。べつにレズビアン的な意味で言っているわけじゃない——もっとも、それだって悪いこととは思わないし、もしも誰か女の人がロウソクを灯して、目の前でうんとゆっくり上手にストリップをしてくれて、軽く体に触ってくれたりしたら、その気になっちゃうかもとは思うけれど。わたしは新しい経験にも躊躇しないけれど、でもこれはそういうのじゃなかった。その二度めの授業のあと、彼女をわたしのアパートに誘った。ひととおり家の中を案内して、寝室も見せた。彼女は中を覗きこんで、わたしが毎日ベッドの上に放りなおしていた一番いいセーターにも目をとめた。すごくほんわかした素敵なお部屋ね、と彼女が言うと、とたんにわたしたちはほんわかした気分に包まれた。紙が散らかった机を見て、あたしとおんなじ、と彼女は言い、でもテレビは埃にまみれていなかったので、わたしの好感度はさらにアップした。人はみんな、人を好きにならないことにあまりに慣れすぎていて、だからちょっとした手助けが必要だ。粘土の表面に筋をつけて、他の粘土がくっつきやすくするみたいに。

　わたしは濃縮還元のオレンジジュースを注いで、そこに本物のオレンジを丸ごと一個しぼり入れるという裏技を披露した。こうすると、もとのジュースの冷凍っぽさが隠せるのだ。彼女が目を丸くして感心するので、わたしは笑って言った、暮らしの知恵《ライフ・イズ・イージー》よ。本当はこう言いたかった、あなたがここにいてくれるから人生は楽しい《ライフ・イズ・イージー》の、あなたがいなくなってしまったら、またしんどい人生に戻ってしまうの。まるでお誕生日みたいな一日だった。二人の初めての誕生日、プレゼントは自分たちで、わたしたちはそれを何度も何度も開けてはしゃいだ。わたしたちは互いの靴をはきっこした。わたしの靴は彼女ののほとんど倍ちかくあって、でもそれもいい感じだった。靴だけでなく、足も、体の他のいろんな部分も、何もかもサイズがまるでちがった。彼女が腕をわたしの腕に沿わせると、まるで子供と並んだ胎児みたいで、わたしまだ成長期なのかも、と彼女は言った。それから脚と脚をくっつけると、それもまた信じられないくらいに大きさがちがっていた。わたしたちの好奇心はバラみたいに花開いた、わたしたちは知りたかった、本当に心から知りたかった、お互いの不可知な部分を何もかも、わたしたちはどれほど似ているか、どれほどちがっているのか、本当にちがうんだろうか、もしかしたら誰もちがってなんかいないんじゃないか。わたしたちは稲妻をひらめかせたかった、暗い海の底に光を届かせたかった、そしてもう一つの世界を、そこに息づいているこの世のものとは思えない色や模様をした何億という生命《いのち》の形を、ほんの一瞬でもいいから見てみたかった。わたしたちに生命を見せて。わたしたちはお腹とお腹を合わせ、唇と唇を合わせ、それもやっぱりちがう大きさで、でもわたしの唇と彼女の耳は同じくらいの大きさだったし、わたしの腰に巻きつく彼女の腕は長く感じられ、そして何よりあたたかかった。わたしたちは動きを止め、見つめあった。目と目を見つめあうのはとてつもなく危険なことに思えたけれど、でもわたしたちはそれをした。人はどれくらい長いあいだ人を見つめていられるものだろう。いつかは筆をインク壺に戻してインクを足すように、また自分のことを考えなければならなくなる。でもわたしたちはうんと長いあいだ見つめあった、インクを足す必要なんてどこにもなかった、他のものなんて何もいらなかった、なぜなら彼女もわたしも同じくらい善で、彼女もわたしも同じ地球に住んでいて、彼女もわたしも同じくらい苦しんでいたから。先に目をそらし、シーツをあごまで引きあげたのは彼女のほうだった。

そのあとわたしはまたオレンジジュースを注いで、製氷皿でオレンジジュースの氷を作るやり方を披露した。でも彼女はそれはもう知っていると言った。彼女はスカートをはき、小さな靴をはいた。急にひどく遅い時間になっていた。わたしのいるところからでも、テレビに埃がうっすらたまりはじめているのが見えた。たぶんもう二度とテレビの埃を拭くことはないだろう。拭く意味がないから。そう思うといてもたってもいられないくらいに悲しくなって、クロスをつかんでその場でテレビを拭きはじめた。拭いているわたしに向かって彼女が言った、ねえ、一つ訊いてもいい。なに、とわたしは言った。彼女は言った、あなた、また女の人とこういうことをする？ わたしはテレビを拭く手を止めた。それは質問ではなく答えで、だからわたしも同じように答えるしかなかった。ううん、しないと思う、そう言った。上手なゆっくりしたストリップとかが絡むとどうかわからないけど、でもやっぱりしないと思う。わたしもよ、と彼女が言い、わたしはテレビを拭くのをやめて布を小さく四角くたたみ、ぎゅっと手の中に握りしめた。オレンジジュースを飲みすぎたみたいな感じがした。ジュースの酸で、胃が、胃だけでなく体じゅうが、ぼろぼろに溶けてしまいそうだった。わたしは座ったままじっと動かなかった。動くと人間の形が崩れて、中から空気が洩れ出しそうだったから。うつむいて自分の太い腿を見ていたら、ふいに彼女の夫のことを思い出した。彼女がバッグとキーを取ろうとしていた。わたしは背筋をのばし、彼女のほうに一歩近づいて、今からあなたの旦那さんについて本当のことを十個言うわ、と言った。そして人さし指を立てた。その一《ヌメロ・ウノ》。あなたの旦那さんは本物の会計士ではありません。それはもう知ってる、と彼女は言った。あとの九つは何なの。わたしは言った、本当はそれ一つだけ、あとの九つはそれの関連事項だから。それからわたしはインド料理屋の話って知ってる、と訊いた。何のこと、と彼女が言った。わたしが説明すると、それって人種差別的ジョークなの、と彼女が言ったので、そうじゃない、世の中の隠された真実の話よ、とわたしは言った。でももうわたしたちはどちらも隠された真実には興味をなくしていたし、そもそも真実と名のつくものすべてがどうでもよくなっていた。

　彼女が帰ったあと、わたしはリビングの真ん中に立って、いいわ、もう気の済むまでここにこうして立っていよう、と心に決めた。そのうちに飽きるだろうと思ったけれど、飽きないで、ますます悲しい気分になるばかりだった。手にはまだクロスを握りしめていた。もしこれを離すことができれば、また動きだせるような気がした。けれどもわたしの手は頑としてこの汚れた布を手放すまいとした。彼の秘書をしてきた三年間の気の遠くなるほどの時間の積み重ねは、彼女なしでは一秒だって耐えられなかった。今はもうはっきりとわかる。わたしたちが、いやわたしが、懸命に働いてきたのは彼女のためだった。母親が子供を養うために働くように、夫が妻のために働くように。その大前提が足元で揺らぎはじめて、頭の中で、逃げて、と叫んだ。

でもだめだった。ここはわたしが三年間かけてゆっくり作り上げた場所なのだ。布を握りしめたままのわたしの上に、世界がなだれを打って崩れおちてきた。ふいに膝の力が抜け、床にへたりこんだ。わたしは英語で泣き、フランス語で泣き、あらゆる言語で泣いた。涙は世界共通の言語、エスペラントだったから。

次の日わたしが出勤したのは、ただ見てみたかったからだ。戦争の爪あとを確かめるために生まれ故郷の村に舞い戻る人のように。セロテープ台はまだそこにあった。わたしの椅子も、デスクも、彼も、彼のデスクもそのままだった。でもそれ以外の一切が消えていた。そこにあったはずの目に見えない何かがあとかたもなく消え去って、後にはただ、インチキ会計士とその秘書がいるだけだった。午《ひる》ごろ彼がわたしのところに来て、エレンに聞いたよ、きみたちきのう差し向かいで話《テ・タ・テト》したんだって、と言った。わたしは彼のシャツの袖を、それが彼の顔であるかのように見た。これほどの地獄は想像もしてなかった。ずたずたに切り刻まれたうえに、まだこんな屈辱の追い打ちが待っているだなんて。だいたい〝テ・タ・テト〟って何なのよ。その場で辞めてやろうと思った。自分の髪をぜんぶ刈り、ついでに彼の髪も刈ってやろうと思った。自分と彼の髪を刈り、ぐちゃぐちゃに混ぜて火をつけて、それから辞めてやろうと思った。でもけっきょくどれもしなかった。

クラスの最終日、わたしたちは自分たちの作ったローブを着て、みんなでフルーツパンチを飲んだ。ミシンからローブをはずし、アイロンをかけ、服の上からはおった。そうしていると、わたしたちは何だかとても親しい女ともだち同士のようだった。朝いっしょに目を覚まし、伸びをして、めいめいにローブをはおった女たち。チェックのローブ、フューシャピンクのローブ、彼女の羽根の柄のローブ。わたしは彼女から離れたところに立ち、彼女はわたしからもっと離れたところに立った。わたしは他の誰かのほうを向いてその人のサッシュベルトにさわり、どうしてこんなにきれいに角がとがってるの、と訊いた。するとその人は針を使ったのよ、すごく簡単だから教えてあげる、と言った。彼女はわたしのベルトの両端を膝の上にのせ、針先で角を引き出しはじめた。引っぱられるたびに、かすかな振動がベルトを通ってわたしの腰にまで伝わった。エレンが見ていてくれればいいと思った。たくさんのネル生地のせいで教室の空気がふんわりとなって、成人教育センターの寒々しさをやわらげているようだった。フルーツパンチをこぼしてしまった女の胸元を、べつの二人の女がそっと拭いていた。若い女たちが何人かで、お互いの髪を編みっこしていた。けれどもエレンとわたしの間には、つややかで四角いリノリウムの床が横たわったままだった。と、スーが突然、自分のローブを片手に持ってトイレから出てきた。裸だった。それが着られないものだということに、ローブでも何でもないということに、やっと気づいたのだ。部屋じゅうがはっとなって静まりかえり、エレンとわたしの目が一瞬だけ合った。二人の裸の記憶がよみがえり、空気を痙攣のように震わせた。彼女の目には謝罪も、愛情も、優しさもなかった。それでも彼女はわたしを見た、わたしはたしかに存在していて、その瞬間、わたしの肩にのしかかっていたものがふっと軽くなった。あっけなかった。スーは悠然と部屋の真ん中まで歩み出ると、フランネルの塊《かたまり》を床の上にそっと置き、それはピンクの蜂の巣のようにも巨大なチューリップの球根のようにも見えた。女たちは火を囲むようにその周りに集まった。触れば火傷をするとわかっていながら、どうしても目を逸らすことのできない火のように。

動き

The Moves

父は死ぬ前、わたしにとっておきの指の動きを教えてくれた。女の人をイかせるための指づかいだ。お前の役に立つかどうかはわからない、だってお前は女なんだしな、だが父さんがお前に用意してやれる嫁入り道具はこれくらいしかないんだ。そう父は言った。父の言わんとすることはわかった。たぶん遺産とか相続とか、そんなことを言いたかったのだ、嫁入り道具じゃなく。動きはぜんぶで十二通りあった。父はそれをわたしの手の上で、手話みたいに実演してみせた。それはおもに、指を動かす速度と力のこめ具合のさまざまな組み合わせだった。意外なくらい、派手な飾りの多い動きだった。たぶん父はこれを外国暮らしをしているときにマスターしたのだろう。速度と方向を急に変える。あるいは指の動きを止め、一拍ためたあと、すっと素早くなであげる——父はそれを〝なぞり〟と呼んでいた。わたしは何度もメモを取りたいと思ったけれど、父に鼻で笑われた。お前、いざっていうときにメモを出すのか。それより覚えるんだ、父はそう言って、わたしの手のひらを乾いた指先で何度もなぞった。なんだかハンドマッサージをされているみたいな気分だった。父の指の動きはおどろくほど自信に満ちていた。わたしひとりでは、とてもこんなに自信たっぷりと、この指の動きをできそうになかった。こうすれば女の人をうんと喜ばせてあげられる、と父は言った。でもわたしは誰かをうんと喜ばせたことなんか一度もなかったから、そういう場面になったら父にもいっしょにいてもらわないと無理だと思った。でもそのころにはもう父は死んでしまっているだろうし、どっちみち相手の女の人はレズビアンだろうから、父に触られるのはいやだろう。わたしは独りでこの指の動きをやらなくちゃいけない。いつ六番めと七番めの動きをやればいいか、自分で決めないといけない。その人は、一拍のためでちゃんとしっかり高まってくれるだろうか。そしてそのあとの一気呵成の〝なぞり〟で、はじけてくれるだろうか。それを見きわめるには、しっかり耳をすます必要がある。息づかいだけじゃない、と父さんは言った。腰の後ろのくびれのあたりがこう、うっすら汗ばんでくるんだ。その汗が秘密の合図だ。いま猫みたいに乾いていたと思ったら、次の瞬間には——ケープ・タウンが洪水だ！　迷ってるヒマなんかない、ぐずぐずしてると船は行っちまう。飛び乗って、とにかく動くんだ、前へ、前へ、前へ。

　朝、目をさまして、気持ちを前向きにしようとするたびに、わたしは父の言ったことを思い出して、とても心強い気分になる。いつかわたしも誰か大切な人と出会って娘を生んで、そうしたら、父に教わったことをわたしも娘に教えようと思う。迷ってるヒマなんかない。動くのよ。前へ、前へ、前へ。

モン・プレジール

Mon Plaisir

素敵ですよ。

そうねえ。でもやっぱりやめとく。あごまでのボブでお願い。

じゃあ、あとほんのちょっとだけ短くするのは？　ちょうど耳のあたり、このへんまで切っちゃだめかしら。

そのほうが似合うと思う？

いいえ。でもそうすると三十センチ以上切ることになって、その髪を〈ヘア・フォー・ケア〉に寄付できるの。髪がない子供のためのチャリティ団体なんだけど。

あなた、そこの関係者？

そういうわけじゃないけど。

だったらやっぱりボブにしとくわ。

じゃあじゃあ、あと三センチ伸びるまで待って、それからボブにするのは？　そうすればみんなハッピーでしょ。

だめよ、今日切りたいの。言うでしょ、〝今日という日は残りの人生の最初の一日〟って。

あたしにも先週そんな日があったわ。

ほんとに？　どうなった？

朝起きて、ふと思ったの、〝今日は残りの人生の最初の一日だ〟って。

で？　どうなったの？

車に乗って仕事に行った。

ああ。

そ。

わかったわ、かわいそうな子供に髪をプレゼントしましょ。


短くなったわたしの髪を見た夫は、どちらかが自分たちの信条に反することをやらかしたときに相手を見るときの目でわたしを見た。わたしたちはインスタントのココアは買わないし、世間話もしない。〈ホールマーク〉のカードを買わないし、バレンタインデーだの結婚式だのといった〈ホールマーク〉的行事にも参加しない。一言でいえば、**意味のない**事柄は極力省き、**意味のある**ことだけをするのがわたしたちの信条だ。わたしたちにとって意味のあることトップ3は、仏教、食へのこだわり、そして内的風景だ。髪を切るのは手や足の爪を切るのと同じカテゴリーに属していて、庭の芝刈りもそこに入っている。できれば庭の芝生も刈りたくないのだけれど、ご近所と無用なかかわりを持ちたくないので、やむなくやっている。ご近所はみんな植え込みを馬鹿げた動物の形に刈っている。カールはわたしをご近所を見るような、まるでわたしが髪を馬鹿げた動物の形に刈ったみたいな目で見た。それからまたバリー・メンデルソン師のテープを文字に起こす作業に戻った。メンデルソン師は地元の導師《グル》のような存在で、カールは師の説法の文字起こしを、わたしたちが通っている禅《ゼン》道場のためにボランティアでやっている。ときどき説法が長いときなど、作業に五十時間以上かかることもあって、それでも彼はやりがいを感じている。書き起こしたものが〈ヴァレー・パイン禅道場〉のサイトにアップされれば、「あれは僕が書いたんだよ」と人に言えるからで、ある意味たしかにそのとおりではある。

わたしは寝室に行き、ベッドカバーを皺にしたくなかったので床の上に寝た。そうしているとベッドの下の埃や古雑誌が見えて、以前に二人で観たアリのドキュメンタリー番組を思い出した。地面の下には一大文明が築かれていて、地上のわたしたちの街に負けず劣らず栄えているらしい。わたしたちのあいだにもう性交渉はない。べつに彼を責めてるわけじゃない、悪いのはわたしなんだから。夜、ベッドで彼の横に寝て、自分のあそこに信号を送ってみるけれど、まるでケーブルに加入していないテレビでケーブル・チャンネルを観ようとしているみたいな気分になる。頭はセックスの指令を送っているのに、わたしのあそこは次におしっこに行くときを待っているだけだ。おしっこだけが自分の仕事だと決めてかかっている。

カールは八時に太極拳に出かけていったけれど、すぐに帰ってきた。講師が来なかったのだそうだ。代わりの人が来るには来たが、彼に言わせるとその人はインチキだった。

本物の太極拳の先生じゃなかったっていうこと？

コメディアンみたいな奴だったんだ。ずっとこっちを笑わせるようなことばかり言ってさ。なんだ、本当に資格のない人が来たわけじゃないのね。そのへんの人が適当に来て教えたのかと思っちゃった。

しかもそいつ、型の名前をぜんぶ英語で言うんだ。

でも考えたら、もし本当にコメディアンが通りすがりに入ってきて太極拳を教えだしたらおかしいわよね。ボブ・ホープが太極拳の先生のふりをするとか。

雲手《ユンショウ》を〃モンキー・ハンズ〃だなんて。こっちは〃モンキー・ハンズ〃なんかを習うために一回十四ドル払ってるんじゃないんだ。

わたしたちは早めに床につき、わたしがカールにおっぱい飲みをしたいかと訊くと彼は今日はいいと言う。〃おっぱい飲み〃というのは二人がよくやることの一つだ。仏教とか食へのこだわりと似たようなものでもあり、全然ちがうことのようでもある。というより、おっぱい飲みはそういうのとはそもそもカテゴリーがちがう。他にそのカテゴリーに属しているものとしては、わたしの中の言葉にならない、理由のよくわからない怒り。

それと――

自分には〝次の段階〟というものがあって、そこへ行かなければならないという感じ。

カールはカールでたぶんそのカテゴリーに入るものがいくつかあって、それに名前をつけるならば、おそらくこうなる――〈大切だけれど、わたしたちには理解できないし、決して話し合いもしないこと〉。わたしたちは寝る前にベッドの中で長いこと本を読む。わたしが読んでいるのは自閉症についての記事だ。最近はどっちを向いても自閉症、自閉症だ。もしわたしに小さい子供がいて、その子が紙をどんどんどんどん際限なく細かく破きだしたら、わたしはきっとその子の病名を知るのに何年もかかったりしない。なんてこと、この子自閉症だわ、そう思ってすぐさま対策を講じるだろう。でもわたしが自閉症の子供を生むことはたぶんない。子供を生むことがたぶんない。生むにはもう歳をとりすぎている。手遅れとまではいかないものの、ぎりぎりだ。根性のある女の人なら頑張るだろうが、わたしみたいな人にはもうとても無理だ。

今朝は七時に起きた。今日という日はわたしの残りの人生の二番めの日。これといって何かが変わったわけではないけれど、どことなくふわふわ漂っているような感じがする。乗っているボートの綱を二日前に解かれて、海に漂い出たような気分。わたしは旅行者になったつもりで、見慣れた日常を新しい目で見なおしてみる。こういうことは初めてではない。わたしたちが今やっているこのロハス生活だって、もとはといえばわたしが四年前に始めたものだ。サンドイッチに使うパンを全粒粉に変えたのもわたしだったし、太極拳を始めたのもわたし（ただし筋がわるくて長続きしなかったけれど）、仏教にはまったのもわたしだった。カールは最初のうちこういうライフスタイルを馬鹿にして拒絶していたけれど、けっきょく全面的に受け入れた。もしかしたら、わたしがつぎつぎ何かに熱中するのに嫉妬して、腹立ちまぎれに自分もやることにしたのかもしれない。僕をのけ者にしようったってそうはいかないぞ、みたいな感じに。短くなった髪を元の長さのときと同じ手の動きでとかしたので、ブラシが何度も肩にぶつかった。わたしはその些細だけれど新鮮な違和感をキャンドルのように大切に胸の前にささげもち、それがもっと新鮮で、もっとはっきりした違和感に育つようにと願った。あるいはこういう小さな新しい習慣をたくさん積み重ねていけば、いつか大きな一つの変化につなげていけるのかもしれない。そう思いついて、わたしはさっそく車で靴屋に行った。そしてふだんだったら絶対に選ばないようなタイプの靴を選んだ。わたしと店員は、ストラップつきの黄色いエスパドリーユをはいた血管の浮いた白いわたしの足を、一緒に見おろした。

箱にお詰めしましょうか。

いいの。このままはいていくから。

それはあんまりお勧めできませんけど。

そう、どうして?

わたし、最初の二、三日は必ず家の中で慣らしばきするようにしてるんです。そうすれば、もし足に合わなかったら返品できるでしょう。

すごくいいこと聞いちゃったわ。みんなそうすればいいのにね。

人って、わざわざ物事をややこしくしたがる生き物じゃないですか。

わたしがまさにそれ。

家の中ではくこと、それが第一段階です。

第二段階は?

外ではきます。

じゃあ、第三の段階は?

第三段階? それはあなたが決めるんです。


わたしはその靴で車を運転してセラピーに向かい、降りる前に古い靴にはきかえた。ルースの診察室に来るたびに、心にかかっていた厚い雲がすうっと晴れて、その下から入り組んだ風景が、灰色の町並みや廃墟の都市が見えてくる。ここに来るといつも固まったみたいに口がきけなくなって、それを解きほぐすためにルースが何か質問する。たとえば——あなたにとって、人生で起こりうる最悪のことって何かしら。

カールと二度とセックスできないかもしれないこと。

でもまさか二度とっていうことはないでしょう。

でも、わたしのほうがそういう気分になりそうもないの。もうほんとにどうでもいいっていうか。

わたしの患者さんで一人、交通事故にあって、本当にセックスできない体になってしまった女性がいるの。半身不随になってしまったのね。それで彼女と相手の関係は終わったと思う？

終わったの？

いいえ。たしかに大変な困難ではあるけれど、パートナーは変わらず彼女を愛しているわ。

それを聞いたとたん、わたしはその半身不随の女性とパートナーの愛に打たれて泣きだす。泣きながら、もしかしてルースが〝パートナー〟という言い方をしたのは二人がレズビアンのカップルだからだろうか、と考える。そうだそうに決まってる、そしてその半身不随の女の人はきっとそのうち選挙に出るにちがいない。わたしはいっそう激しく泣く。きっときっと彼女に投票しよう。でも、本当にそんな人いるんだろうか。もしかしたらルースの作り話なんじゃなかろうか。前からうすうすそんな気はしているのだけれど、彼女がよくわたしに話す自分と夫との微笑ましくも滑稽ないざこざの数々、あれだってじつは全部作っているんじゃないだろうか。だってわたしがカールと喧嘩した話をするたびに、ルースはかならず自分と夫のあいだに起こった似たようなエピソードを出してくるのだ。ただしルースたちの場合はけっして喧嘩にはならず、夫がへそ曲がりの彼女を笑って許して終わりになる。そして彼女はその話をしてから、わたしって本当にとんだへそ曲がりよね、と言って自嘲ぎみに笑う。それが何ともいえず様《さま》になっているのだ。わたしもあんなふうに自嘲ぎみに笑いたい、わたしもへそ曲がりになりたい。ルースがわたしにティッシュの箱を渡し、そこで診療時間終了となる。わたしは半分だけ鼻をかみ、外に出てから思いきり残りをかむ。

家に帰るとカールが瞑想している。彼が目をつぶっているこの時間がわたしは好きだ。彼の前で、もっと自然な自分になれる時間だから。わたしはエスパドリーユをはき、カーペットに座って瞑想している彼と向かい合うようにカウチに座る。そしてまず無言で肩をすぼめて仏頂面をして、へそ曲がりになってみる。つぎに背筋を伸ばして、声を出さずに口の形だけで言う。

どうしたんだい、へそ曲がり。

それから背中を丸めて口の形だけで言う、なにさ、いっつも瞑想ばっかりしちゃってさ。

背筋を伸ばして——ちぇっ、よせやい(口パク・バージョンのカールとわたしは、なぜかいつも『ちびっこギャング』風のしゃべりになる)、小言はごめんだね。こっちは心と体の統合をするのに忙しいんだ。

またふくれっ面で猫背になって——ふんだ、瞑想なんて糞くらえだ。あたいだって心と体はバラバラなのにさ。

背筋を伸ばして——知ってるさ。豆粒みたいに真っ二つだもんな、おまえ。

わたしは背中を丸め、さあいよいよここからが見せ場だ。ぐっとお腹に力をこめ、唇を閉じ、静かに、自虐的に、わたしは笑いだす。むふ、むふ、むふ、むふ。切なさがこみあげてわたしは泣きだす。でも泣くのはいい習慣なので、もっとうんと泣いてやろうと閉じたまぶたの裏で目を下に向け、ますます自虐的な気分になる、むふ、むふ、むふ、むふ。だんだんリズムが出てきて笑うのは二の次になり、四つのビートの合間に息を吐くような感じになってくる。両腕で自分の体を抱きしめながらやるとギャロップしてるみたいで気持ちがいい、むふ、むふ、むふ、むふ。ギャロップするうち、だんだんカールと二人並んでギャロップしているような気になってきて、もしかしてこれって瞑想なんじゃない？ ひょっとしてインドのすごい呼吸法の奥義に偶然にも行き着いちゃったのかも、むふ、むふ、むふ、むふ、むふ。インドの導師《グル》が、何十年と修行した弟子たちにだけ伝授する秘密の呼吸法。カールの通っている禅道場なんかでは教えてもらえない、これを会得するには遠くインドまで行かねばならぬ、むふ、むふ、むふ、むふ、むふ。でもわたしはそれを苦もなく見つけてしまったのだ。歴代のダライ・ラマが、ただ無心に無欲にダライ・ラマとして生まれてくるように。平凡な一アメリカ女性であるこのわたしが、むふ、むふ、むふ、むふ、むふ、古代インドの失われし癒しの呼吸法を現代に蘇らせたのだ。しかるべき人たちがやってきて、わたしをカールには逆立ちしたって行けないような場所に連れていくことになったとき、きっと彼は地団駄を踏んで悔しがるだろう。ごめんね、とわたしは言う、でもこれはもう二人だけの問題じゃないの。カールはあきらめない、往生際わるく見よう見まねで古代インドの呼吸法をやろうとする、むふ、むふ、むふ、わたしはそれを見て悲しげに笑う、だってそれは本物とは似ても似つかないお粗末な代物だから、あんまりお粗末すぎて彼の顔をぶん殴ってやりたくなる。呼吸がだんだん荒く速くなる。わたしは激しく小刻みに自分を抱きしめながら体を揺する、これが本物よ、この怒りは、本物、古代の、失われた、むふ、むふ、むふ、むふ！ ふと我にかえって目を開ける。目の前にカールがいる。わたしの視線を感じて彼も目を開ける。目の前にわたしがいる。彼とわたし、居間にふたり。

その夜カールがおっぱい飲みをしたいと言ったので、わたしはナイトガウンをめくり上げた。わたしはべつに何もしない、ただおっぱいを出して彼がそれを吸うだけだ。これをやっていると、いつも悲しい、渇いた気分になる。でもその二つはあべこべだ。ほんらい悲しみがもつべき深みと陰影を、渇きのほうがもっている。痛みのような、叫びのような、すすり泣きのような渇き。それにひきかえ悲しみは渇きの付け足しのようにちっぽけで、感情とも呼べないほどささやかで、苦悶の表情にしっかりくくりつけられていて、すぐに消えてしまう。もしおっぱいから母乳が出れば、こういう感覚もあるいはうまく説明がつくのかもしれない。硬くなったカールのものがわたしの膝に当たったけれど、そのままじっとしているうちに消えてなくなった。彼がおっぱいから口を離し、わたしたちは薄ぼんやりとした暗闇の中に横たわった。その闇は、わたしたち自身の闇のようだと最近わたしはよく思う。

わたし、どこか変わったのに気がつかない?

髪形のこと?

それもあるけど。

内面的なこと?

そう。それと靴も新しくしたの。

ああ。

外を車が一台通りすぎ、四角い光が天井をすうっと流れていくのをどちらも無言で見つめた。カールが足でわたしの足を上から押し、わたしも彼の足を下から押し上げた。はじめていっしょに寝た日からずっと、この小学生みたいな遊びは続いている。わたしたちにはちゃんとした恋愛期間というものがなかった。出会ったのは誰かの家のポットラック・パーティで、話してみてすぐに、お互い前の失恋からまだ立ち直っていないことがわかった。わたしたちが前の恋人の話をやっとしなくなったのは、付き合いはじめてから一年も経ったころだった。わたしがカールの足を押し上げ、カールがわたしの足を押し下げる。この遊びが人間なら、もうそろそろ小学校二年に上がるころだ。でもこれは子供じゃない、ただの動作だ。それでもこれをやっていると、他のどんなときよりも彼を近しく感じられる。二人の足と足は完璧に愛し合って素直でいられるのに、足首から上の部分がはぐれてしまったようだった。わたしはもう一度押し上げる、でも彼は押し返してこない。眠ってしまっている。

今日という日はわたしの残りの人生の八番めの日。でも本当にこれって残りの人生なんだろうか、もしかしたら元の人生がそのまま続いているだけなんじゃないだろうか。さしあたって、やれることはもうあまりなかった。第二段階は靴を外ではくこと。なのでそれを実行した。わたしは近所を歩きまわった。大通りに出て、学生がよくたむろしている流行りのカフェに入った。財布を持ってこなかったので何も頼めなかったけれど、トイレは使った。便器を使い、トイレットペーパーを使い、石鹸を使い、水を使い、ペーパータオルを使い、トイレで使えるものはすべて使った。トイレを出て壁の掲示板を眺めた。貼りだされているチラシのなかには、下のほうをちぎって持ち帰れるようになっているのがいくつもあった。それもタダだったので、全部を一枚ずつちぎった。そして歩いて家に帰った。寝室の床に寝ころがってベッドの下を見ると、このあいだ思い出したアリのドキュメンタリー番組のことを、そっくり一から考えた。一大文明が云々。わたしたちと同じ云々。地面の下に云々。ごろりと腹這いになって、カーペットに唇をくっつけて、「どうしてわたしは恋するティーンなの?」というあの古い歌の、〝恋するティーン〟の部分は抜かして、〝どうしてわたしは?〟のところだけを、切ない、訴えかけるような感じはそのままに歌った。それからカフェでちぎった紙を出して、カーペットの上に並べた。紙切れは色がまちまちで、なかには蛍光色のも混じっていた。説明文がなくて、ただ電話番号が書いてあるものがいくつもあった。そういう謎の紙はひとまとめにしてよけておいて、残りをていねいに見ていった。迷い猫が三つ、仔猫あげますが一つ、映画のエキストラ募集が一つ、部屋の又貸し二、下宿空き部屋あり当方完全菜食主義の家です一、子守求む一。わたしは紙を希望の順に並べ、それから虹みたいに色の濃淡で並べてみた。目を細めて見つめているうちに虹はぼやけてきて、そしてわたしは第三段階、とつぶやいた。それはあなたが決めること。

その夜、わたしは急に自分の髪が恋しくなった。ネットで〈ヘア・フォー・ケア〉のサイトを探し、子供たちの写真を順ぐりに見ていった。わたしの髪がかつらになってどこかの子供の頭に載るにはまだ早すぎたけれど、それでも子供たちの写真を見ていると気がまぎれた。ゴージャスな髪をした小さな女の子たちが、毛のなかったころの悲しくくすんだ自分の写真を手に、満面の笑みを浮かべていた。サイトによると、わたしの髪は他の九本のポニーテールと合わせて一つのかつらになるらしかった。白髪は取りのぞかれてかつらメーカーに売られ、切手代やサイト運営などの経費節減に役立てられる。そう考えてみると、わたしはある意味とても多忙な女性ということになる。今こうしているあいだにも、わたしの一部は遠くを旅し、経費を節減し、他の女たちの一部と一生涯の同盟関係を結ぼうとしている。なんだか気持ちが浮き立ち、体じゅうに力がみなぎってきた。わたしはベッドに入り、カールの足を押し上げ、カールが押し下げた。

わたしたち、次の段階に行くべきだと思うの。

子供のこと?

それはもう手遅れじゃない。

いや、ぎりぎりまだいけるだろ。

うん。でもそうじゃなく。もっと、二人でいっしょにできること。

セックス的なこと?

ちがう。なんでそう思うの。

え？　いや、そっちが〝いっしょに〟なんて言うから、てっきり……。

でもあのやり方、嫌いじゃないでしょ？

なんなら今やろうか。

わたしたちはいつものやり方でそれをした。カールがおっぱいを吸って、わたしが彼のものを手でしごく。それからわたしが後ろを向いて、カールに頭のうしろを撫でられながら、自分でする。わたしがイくと、カールの手がすっと離れて自分の陣地に戻った。暗闇の中で、わたしは彼のほうに向き直った。

まだ寝ないで。

寝てないよ。

次の段階が何か、知りたくない？

何なの。

いっしょにやってくれるって約束してくれたら、教えてあげる。

もし僕がもうそこに行ってたら？

それは絶対にない。

何なんだよ。

いっしょにやるって約束する？

わかった、する。

あのね、エキストラをやりたいの。ほら、映画のその他大勢みたいなやつ。

全粒粉パンのときと同様、カールは最初のうちひどく気乗り薄だった。わたしが蛍光グリーンの紙を見せると、彼は声を立てて笑った。そこには電話番号といっしょに映画のタイトルが書いてあった――『ハロー・マクサミリオン、グッバイ・マクサミリオン』。けっきょく彼がやる気になったのは、わたしがあんまり映画のことに無知だったからだ。簡単にわたしに知識をひけらかせる誘惑には勝てなかったらしい。こうして話は決まった。

このあいだ来たばかりなのに、すぐまた美容院に来られたのはうれしかった。店は湿気でふんわりあたたかく、ドライヤーのうなりとサロン用シャンプーの香りであふれていた。パトリースが〈ヘア・フォー・ケア〉からのサンキュー・カードを見せてくれた。カールはいたく感動し、献血センターで看護師に腕を差し出すように、おとなしく彼女に身をまかせた。わたしはときおり雑誌から顔をあげて、彼の進捗状況をたしかめた。あごひげを刈りこんだり、髪を切ったり、鼻毛や耳毛をカットしたり、眉毛を整えたり、一つひとつはちょっとしたことだったけれど、わたしに言わせればこれはぜひとも必要なことだった。エキストラのわたしたちがちょっとでもむさくるしかったり普通でなかったりしたら、お客さんがメインの俳優に集中できなくなるからだ。

何を言っているのかは聞き取れなかったが、カールはいろいろ要望があるらしく、彼とパトリースは延々と話し合っていた。彼女がうなずき、一歩下がって絵を眺めるようにカールを眺め、またうなずいて、ハサミを動かす。あたたかな、いい匂いのする店の中で、二人がおしゃべりしているところをこうしてずっと見ているのも悪くないと思った。二人がセックスしているところを想像するのは、そう難しいことではなかった。彼女のスカートがたくし上げられ、彼が彼女の中に入り、彼女の両手がちょうど今みたいに彼の髪の中に差し入れられている。彼女が彼のものをしゃぶってあげれば、きっと彼は喜ぶだろう。わたしはカールに対して優しい、そしてパトリースに対しては姉のような気持ちになった。いや、〝姉のような〟はちょっと言いすぎだ。パトリースには、ひれ伏してそれを求めてほしかった。わたしは遺言のように自分の中の絶望感を残らず彼女に託した。自分の中にあるかどうかもわからないものまですべて譲り渡した。彼女がかがみこんで彼の眉毛を慎重にととのえると、一歩下がって椅子をくるりと回してわたしに訊いた。どうかしら?

つぎは靴屋だとわたしが言うと、誰も映画の中の人間の靴まで見ていないとカールが言った。それは役者さんの顔だけ映すからよ。でもわたしたちはアップになんかならないでしょ。後ろのほうを歩きまわるんだから、逆に靴まで映るじゃない。

靴も映るくらい引きで映るんだったら、どっちみち遠すぎて靴なんかはっきり見えないだろ。言われてみればそのとおりだった。カールは映画の技術的なことや映画業界のことに、意外なほど詳しかった。最初にわたしがこの話を持ち出したときにも、彼は馬鹿にしたように笑ってこう言ったのだ。百歩譲ってそれが低俗で馬鹿げてておそろしく陳腐なアイデアじゃなかったとしてもだよ、僕ら組合に入ってないからどっちみち無理なんだよ。

組合って？

エキストラ俳優の団体。

そんなのがあるの？

そうだよ、まさか一般人が飛びこみで現場に行って採用されるとでも思ってたの？

でも、そのまさかだった。「インスタントキャスト・ドットコム」というサイトで調べてみると、組合の規定数を超えているので一般人も受け付けている映画がたくさんあった。そこにはエキストラ俳優がいかに重要かについても書いてあった。エキストラはけっして〝付け足し《エキストラ》〟ではありません、とそこには書いてあった。たとえば西部劇の、客でにぎわう酒場に悪党が入ってくるシーン。「その人物が入ってきたとき、彼が悪党だとすぐにわかるのはなぜでしょう？　酒場の客たちがハッとして動きを止めるからです。何百というエキストラ俳優さんたちが、ビールのグラスを口に運んだり、トランプを切ったり、ダーツの矢を投げたりする動きを途中でぴたりと止めてみせるからなのです」。わたしはこの部分を、毎晩の日課になっている説法の文字起こしを終えたカールに読んで聞かせた。

僕も一つきみに読んでいいかな。

何を？

イエスかノーか。
イエス。
「木の美しさがあなたにわかるのなら、あなたには愛の何たるかが理解できる」。
素敵ね。
だろ。
それ、書き起こしたの？
うん。夕食の後に、聞こえてきたんだ。
聞こえてきたって……ヘッドホンからってことでしょう。
まあそうだけど。

カールの残りの人生の三日め、そしてわたしの残りの人生の十一日め、ついにわたしは受話器を取りあげた。何時間もただひたすらにリダイヤルしつづける、その情熱を持てるかどうかが一つのオーディションなのです、と「インスタントキャスト・ドットコム」には書いてあった。実際のプロもみんなこうやって、ラジオのチケットの抽選に応募するみたいな方法で仕事をゲットしているらしかった。言われればどんなことだってするけれども、何時間も棒に振ることだっていとわない、そんな人材を監督は求めているのだ。
何度もリダイヤルを押しながら、パソコンでエキストラについてのいろんなサイトをのぞいた。そういうサイトは有名ハリウッドスターがらみのサイトにリンクが張られていて、そういうサイトはさらにAV女優がらみのサイトにリンクが張られていて、気づいたらわたしは、サヴァナ・バンクスという名前の若くてきれいな女の子の部屋に設置されたウェブカメラの画像を眺めていた。裸かと思ったら、そうではなかった。最初のうちサヴァナは机に向かって請求書の支払いのようなことをやっていたが、やがてどこかに電話をかけはじめた。留守電のメッセージをチェックしているようにも見えたが、そのうち彼女もわたしと同じようにリダイヤルボタンを何度も押しているように思えてきた。そうだ、きっとこの子も『ハロー・マクサミリオン、グッバイ・マクサミリオン』のキャスティング係に電話をかけているんだ。彼女に先を越されたら、たぶんわたしは悔しくてどうにかなってしまう。なにもあなたがこれをやらなくたっていいじゃない。一人暮らしなんだし、ウェブカメラだってやってるし、他にいくらでもやることがあるじゃない。サヴァナが椅子の背にもたれて相手が出るのを待った。だったらこっちだって待ってみせる。互いに一歩も譲らない緊迫のデッドヒート。最後に勝ったのはわたしだった。

はい、こちらキャスティング。

あ、もしもし。あの、エキストラの募集でお電話したんですけど。

どの映画ですかね。

『ハロー・マクサミリオン、グッバイ・マクサミリオン』なんですけど。

ああ、それはもう締め切っちゃってますね。

えっ、ほんとに。

ええ。

あー……そうでしたか。

あーっと、でも待てよ。

はい。

そうですね。もしかしたら、あと一人ぐらい空きがあるかなあ。約束はできませんけど、今すぐ現場に行けば一人ぐらい何とかなるかもしれませんね。

でも、わたし一人じゃないんです。主人も一緒で、でもいま太極拳に行ってて。

うーん、二人はちょっとどうかなあ。

でも一人じゃ意味がないんです。二人でないと。

ま、行けばもしかしたら二人空いてるかもしれませんよ。確約はできませんけど。

ほんとに？

とにかく行ってみたらどうでしょうね。

大丈夫でしょうか？

まあ、だめもとで。

そうですね。

一人三枚ずつシャツを持っていってください。

四枚持っていきます！

電話を切り、もう一度サヴァナを見た。サヴァナはコートをはおり、バッグを手に持ったところだった。わたしは二人ぶんのシャツをかき集め、車寄せに出た。サヴァナはずるい。こっちはカールを待たなくちゃいけないぶん不利だ。

映画は悲しいラブストーリーだった。マクサミリオンというお爺さんが子供に恋をして、彼女が大人になるまで待つのだが、彼女の十八歳の誕生日に老衰で死んでしまう。わたしたちの出番は映画の最初のほう、マクサミリオンが六歳の想い人を「モン・プレジール」という洒落たフレンチレストランに連れていくというシーンだった。エキストラはわたしたちの他にあと二十二人いて、みんな二人一組になって、裾の長いクロスのかかったテーブルに配された。わたしたちの席はマクサミリオンと女の子のテーブルのすぐ隣だった。二人が手を握りあってじっと目と目を見交わしているのは、個人的にはあまりいい気がしなかった。でもこの人たちは架空の人物なんだし、エキストラの立場で二人の色恋をどうこう言うのはお門違いというものだ。デイヴという助監督が全員に、お洒落なフレンチレストランでふつうに食事を楽しむような感じでしゃべったり食べたりしてください、ただしこの先四、五時間かかりますので、料理がなくならないようなるべく一口をちょっとずつにしてください、と説明した。カールが自分の皿を見た。わたしたちはふだんマクロビオティックのものしか食べないから、フランス料理を食べないようにするのはべつに苦ではなかった。はいアクション！

やあ。

ハイ、カール。

考えたら、食事するのに「やあ」とはふつう言わないよな。

わたし、水を飲んでみようかな。

僕も。

だめよ、二人同時に飲んじゃ。

どうして。

だって不自然じゃない。

本当に喉がかわいてるんだよ。

じゃあ少しずらして。

カールは椅子によりかかって待った。

ちょっと、何やってるのよ。話を続けなきゃ！

そりゃあたしかに僕は大根だろうけどさ、べつに好きでこんなところにいるんじゃないんだぜ。

あっそ。どうせ何もかもわたしのせい――。

カーット！　カットカットカット！

かくしてわたしたちはエキストラという仕事について、最初の大事な教訓を学んだ。デイヴがお洒落なフレンチレストランで普通にするように話せと言ったのは、声を出さずにという意味だったのだ。音なしでしゃべってください。知ってるのかと思いましたよ。でもわたしたちは知らなかった。なぜここにいるのかさえわかっていなかった。サヴァナ・バンクスはどこだろう。わたしは店の中を見まわしたが、「モン・プレジール」に彼女はいなかった。いるわけがない。きっとこの街に住んでもいないんだろう。そして今ごろは本物のフレンチレストランで本物のデートをしているんだろう。わたしはカールを見、カールがわたしを見た。のがれようのない現実が、急に目の前にあらわになった。わたしたちは出ていくことも、相手を変えることもできないのだ。マクサミリオンが皺だらけの指で女の子の手をなで、デイヴが叫んだ。アクション。

とたんにわたしたちは役者になった。いかにも会話をしている人らしく交互にしゃべり、聞き、うなずき、音なしで笑い、ちびちびと料理を食べた。口と顔を動かし、若いカップルがよくやるように、ときおり身振り手振りをまじえていきいきと会話した。カールがわたしの話にうなずきながら、途中でわたしをさえぎって口の形でさらに何か言い、わたしは人々が楽しげに会話しているときのことを思い起こして、もしかしたら彼はいま何か冗談を言ったのかも、とピンときたので、声をたてずに大笑いした。カールも笑った。本物の笑顔、わたしを笑わせたことが嬉しくてならない笑顔だった。その笑顔にわたしは心の底から幸せな気分になった、自分が光り輝いて美しくなったような気さえして、カット。

もう声を出してもよくなったのに、わたしたちは一言も口をきかなかった。目を合わせることもできなかった。気まずかった。わたしは落ちつかない気分でアクションの声を待った。やがてデイヴの声がかかって目を上げると、カールと目が合った。その目が細められて笑みに変わる。襟のあるシャツを着て髪を切った彼は、うっとりするほど素敵だった。彼がワインを注ぎ足し、わたしたちはめいめいのグラスを持ち上げて口の形で言った、二人に！　でもその〝二人〟がわたしたち自身ではなくこの二人――「モン・プレジール」で初めて出会った男女だということを、わたしたちは知っていた。わたしがテーブルの上にそっと手を伸ばすと、カールがすぐにその上に自分の手を重ね、わたしは燃え上がるマッチのように明るく輝いた。はいカット。

　ふたたびわたしたちはうつむいたまま待った。彼の手はわたしの手の上にのったままだったが、もう生命を失っていた。周りでスタッフたちが照明を調節しているあいだ、わたしはいったいあと何テイク残されているのだろうと考えた。いくらあっても足りなかった。

　アクションの声がかかると、わたしはカールの指をきゅっと握り、彼もわたしの指を握り返した。もうぐずぐずしている暇はなかった。テーブルごしに互いに身をのりだし、わたしが彼のあごひげに手をそえ、主役のテーブルの邪魔にならないように素早くキスをした。胸を刺すような悲しみと切迫感がわたしたちを突き動かしていた。見つめ合う目を一瞬たりともそらせなかった。吸いこむ息の一つひとつが問いかけだった。（そうなのね《イエス》？）――そして答える、（そうだよ《イエス》）。落ちては止まり、落ちてはまた止まり、そうしてわたしたちは不確かで活き活きした場所に落ちていった。きっとどこかにあると前からわかっていた、でもどこにあるのか見当もつかなかった場所。それまで知らなかったカールのユーモアのセンスが沈黙の中で花開き、彼がしてみせた絶妙に滑稽なしぐさに、わたしは不覚にも声を立てて笑いそうになった。そしてわたしのする動作の一つひとつがそのままセックスだった。椅子の上でちょっと腰をずらす、フォークを持ち上げる、目に入った髪をはらう、そうした動きのいちいちが、まるでハチミツの中をかきわけてするようにゆるやかで、意味深なニュアンスを幾重にもはらんでいた。二人の息づかいが周りに聞こえてしまわないかと心配だった。わたしが両手で彼の腕をつかむと、彼はテーブルの下で靴を脱ぎ、足と足が言葉よりも雄弁に押し上げ、押し下げた。デイブが叫んだ、はいカット！　そして――

エキストラのみなさんはこれにて終了です。どうも今日はお疲れさまでした！

これが、終わる？　カールとわたしは信じられない思いで顔を見あわせた。スタッフが拍手を始め、みんなが拍手した。わたしたちはやっとの思いで立ちあがり、他の二十二人の客たちに混じって、よろよろと部屋を後にした。男女の更衣室に別れるときも、一度も目は合わせなかった。帰りの車の中は、息詰まるような果てしない沈黙地獄だった。庭の芝生を横切る途中でカールが立ち止まり、前の日にわたしが出しっぱなしにしていたホースを巻きはじめた。わたしはしばらく待っていたけれど、急に突っ立っているのが間抜けに思えて、先に中に入った。もう遅い時間だったので、夕食を作りはじめた。向かい合わせで座ると、急にすべてがひどく現実ばなれして見えた。また二人でこうして無言で食事をしていることが。青菜にフォークを突き刺したまま、わたしは泣きだした。カールが顔を上げ、テーブル越しに二人の目が合った。もう隠しきれなかった。わたしたち、もうこれ以上いっしょにはいられない。カット。

そこから先の数週間は、あれよあれよの展開だった。わたしたちの築き上げてきた生活は、いとも簡単に崩れさった。わたしは客間で朝早く目を覚ます。カールのほうは、夜おそくまでネットで知らない人たちと仏教関連のチャットをしている。どちらからともなく、大学の寮のルームメイトどうしみたいに、べつべつに買ってきた食材を冷蔵庫のべつの段にしまうようになった。食べ物の好みも、じつはまるでちがっていることがわかった。引っ越し先をべつべつに探し、何度かは同じ物件でかち合ったりもした。かろうじて残っていた体の触れ合いも、きれいさっぱりなくなってしまった。わたしたちのやっていたあれは、いったいどこへ行ってしまったんだろう。リサイクルされたんだろうか。中国あたりでどこかのカップルがあれを始めているだろうか。今こうしている瞬間にも、スウェーデンのカップルが足を押し上げ押し下げしている？　わたしとカールは互いに引っ越しを手伝いあった。まず最初に彼が近所に見つけたワンルームに二人で段ボールを運び、それからレンタルのトラックで町の反対側にあるわたしの引っ越し先に向かった。荷台が空になると、わたしは彼とハグをして、そして思った。もうあと一分もしないうちに、わたしは自分の新しい家に入っていくんだ。カールが運転席の窓から敬礼してみせ、そしてトラックは行ってしまった。わたしも回れ右をして、新しい家の玄関に向かって歩きだした。これで終わりだ、と思った。さあ行くのよ。だがドアに着く手前でクラクションが鳴った。彼が戻ってきたのだ。前の席に園芸用のスコップを置き忘れていたのだ。それをどうするかをめぐって、わたしたちは話しあった。どちらの引っ越し先にも庭はなかった。わたしはだんだんと、スコップをめぐるこの会話が永遠に続くような気がしてきた。

年寄りになったわたしたちが、スコップを間にはさんで歩道に立っている姿が浮かんだ。わたしは急いでカールの手からスコップを取り、それを胸の前でしっかり持った。彼がトラックに戻り、わたしもスコップを持ってドアに向かった。これで終わり、と思った。今度こそわたしは独りだ。たしかめるために、もう一度だけ振り返った。イエス。

あざ

Birthmark

出産を10として、1から10まで目盛りをつけるとすると、これは3といったところです。

3？　ほんとに？

ええ。みなさんそうおっしゃいます。

3って、他にどんなものがあるんですか。

そうですね、顎がはずれたのを入れなおすのが5。

じゃあ、それよりは痛くないってこと？

そうなります。

2は？

2は、足の先を車で轢かれる、ですね。

うそ、じゃあそれより痛いの？

ええ、でもまあ一瞬ですから。

そう、わかりました。じゃあやってください。あ、待って、ちょっとセーターを直すから

――はい、もう大丈夫。

オーケイ、ではいきますよ。

行くわよ、3。

レーザー光線は真っ白な光みたいだと聞いていたけれど、もっと、カウンターをどんと叩くげんこつみたいな感じだった。彼女の体はそのカウンターの上に置かれたカップで、どんと一回叩くたびに小さくはね上がった。3というのはけっきょくただの数字にすぎないんだとわかった。数字は痛みの質を説明しない。金額がそれで買えるものを説明しないように。ポートワイン母斑、と呼ばれるあざを取るのに、かかる費用は二千ドル。片方の頬全体をおおう赤いあざは、ど派手で、何かのまちがいみたいで、はしゃぎすぎてうっかりつけてしまった染みみたいに見える。彼女は動物病院でペットに話しかけるように、自分の体に話しかけた。しぃぃっ、大丈夫、怖くないからね。ごめんねごめんね、こんなことして、許して。これはそうおかしなことではない。人はたいてい自分の体のことを、自分の罪とは無関係なものと思うものだ。ペットや鉢植えみたいに。もっとも、レーザーはべつに罪でも何でもない。彼女は十四歳のときからずっと、パソコンが値下がりするのを待つようにして、整形手術が安くなるのを待っていた。そしてついに一九九八年、レーザー手術という恵みのパンが、天から民にもたらされた。

食べよ、満たされよ、望みどおり完璧な美を手にいれよ。そう、この完璧というやつ。彼女だって、もしも「〇〇さえなければすごく美人」とみんなから言われるようなものでなければ、たぶんこれほどまでに気に病まなかった。彼女のような人たちは、特別なルールのもとで生きる特別な人々だ。みんな彼らをどう取り扱ったらいいのかわからない。わからないまま、まじまじと見つめずにいられない。彼女の顔は、二人の人間がキスしようとしている横顔のシルエットのようにも壺のようにも見える、あのだまし絵のようだった。あ、壺だ……いや、やっぱり横顔にしか見えない……でも待って、やっぱり絶対に壺でしょう。えい、どっちもだ！　こんな矛盾を、世界は許容できるんだろうか？　しかも彼女は絵よりもずっと強く人々を引きつけた。美しさと醜さの錯覚がくるり、くるりとひっくり返るたびに、見ている私たちもそれといっしょにひっくり返るのだから。さっきまで彼女より醜かった私たちが、次の瞬間には彼女よりずっと恵まれていて、でも違う角度から見れば、やっぱり彼女は目がくらむほどに美しかった。彼女はどっちでもあり、私たちもどっちでもあり、世界はいつまでもくるり、くるりと回りつづけた。

そして彼女の第二の人生、「〇〇さえなければ」の前置きのつかない、ただのとても美しい人としての人生が始まった。望みをかなえた人でなければ、この気持ちはわからないだろう。あなたは何かを死ぬほど欲しいと望んで、ついにそれを手に入れたことがあるだろうか。あると答えた人ならきっとわかるはず。望みがかなえばたしかに人生は変わる、でもそれは思っていたのとはぜんぜん違うということが。貧乏人は宝くじが当たっても金持ちにはなれない。宝くじの当たった貧乏人になるだけだ。彼女がなったものは〝とても醜いものをなくした、とても美しい人〟だった。彼女が苦労の末に勝ち取ったものは、ある種の欠落で、その感じは彼女にオーラのようにまとわりついていた。あざがあった頃は、もしこのあざさえなければと、人は大いに想像をかきたてられた。彼女と同じバスに乗り合わせて、これを取ったらどれほど完璧な美人になるだろうと、頭の中でゲームをしてみない人はいなかった。でも今ではそのゲームもなくなり、ただ何となく拍子抜けの感じがあるだけだった。それに気がつかないほど彼女は鈍感ではなかった。手術のあとの最初の何か月かは、いろんな人から褒めそやされたが、そこには必ず何かしらのちぐはぐさがつきまとった。

これでもう好きなだけ髪を上げて顔を出せるわね。

ええ、こんどやってみるつもり。

待って、いまのもう一ぺん言ってみて。

〝こんどやってみるつもり〟？　どうかした？

あなた、訛《なま》りが消えてる。

訛り？

ほら、ちょっとノルウェー風味の。

ノルウェー？

だってあなたのお母さん、ノルウェーの人じゃなかった？

ううん。デンヴァーだけど。

でもあなたあったのよ、独特の、何ていうか……こう、ちょっとした発音の癖が。

ほんとに？

前はね。でも、もうなくなっちゃったみたい。

すると彼女は本当に何かを失くしたような気分に襲われた。訛りなんか最初からなかったと頭ではわかっているのに。あざだった。あざの強烈さが、彼女の声にまで色を与えていたのだ。あざがなくなって寂しいとは思わなかったが、母親譲りのノルウェーの血をなくしてしまったことを彼女は悲しんだ。まだ会ったことのない親戚が自分にいるとわかったときには、すでにその人が死んでしまったあとだったみたいに。


とはいえ、トータルで見ればそれも些細な、不眠症ほどには困らない（でもデジャ・ヴよりは厄介な）不都合だった。年月とともに、あざがあった頃の彼女を知らない知り合いの数が増えていった。そしてそういう人たちは当然のことながら、彼女につきまとう不在のオーラを嗅ぎ取ったりはしなかった。彼女の夫もそんななかの一人だった。彼を見れば、ひと目でわかる。もちろん彼女にポートワイン母斑があったって結婚したかもしれないが、でもやっぱりたぶんしなかっただろう。たいていの人はそうなのだし、もちろんそれで責められる筋合いはない。

それでもたまに、どちらか一方にポートワイン母斑のあるカップルが彼女の目の前にあらわれて、もう片方の人が、あざのある相手のことを心から愛している様子なのを見たりすると、彼女は夫のことを少しだけ憎んだ。そしてそれは夫にも伝わった。

どうした、気分でも悪いの？

べつに。

なんだか変だよ。

ぜんぜん。サラダを食べてるだけ。

わかってるよ、あの二人だろ。入ってきたときすぐ気がついたよ。

彼女のほうが私のよりひどいわ。私のはあんなに首のほうまでなかったもの。

僕のスープ、味見してみる？

彼氏のほう、きっと環境保護団体の人かなんかよ。いかにもそれっぽい感じ。

そんなに気になるんなら、あっちに行っていっしょに座れよ。

そうね、そうするかも。

どうした、動かないじゃないか。

ちょっと、そのスープ飲んじゃったの？　少しくれるのかと思ったのに。

さっき訊いたじゃないか。

そ、じゃあ、あたしのサラダもあげない。

それは小さなことだったけれども、ゼロではない何かで、何かである以上は消えてなくなるか大きくなるかのどちらかしかなく、そしてそれは消えてはなくならなかった。何年かが経ち、その何かは子供のように育っていった。肉眼ではわからないほど少しずつ、でも毎日、確実に。そして二人は一つのチームで、チームは勝つことを目指すものだから、徐々に育っていくそれを見まいとして、二人は絶えず視覚を調整した。思ったほどには深く愛し合っていない自分たちを、二人は暗黙のうちに互いに許しあった。家には、愛で一杯にするはずだった部屋がいくつも空っぽのまま残っていて、二人はそこをミッドセンチュリー・モダンの家具でせっせと埋めた。ハーマン・ミラー、ジョージ・ネルソン、チャールズ&レイ・イームズ。二人はもう二人ぼっちじゃない。だって家はこんなにも満杯なんだから。もしどちらかが急に動いたりすれば、今にも壁を突き破ってしまいそう。やがて、ある出来事が起こった。彼女は新品のジャムの瓶を開けようとして、蓋をカウンターにこんこん叩きつけていた。蓋をカウンターにぶつけると開けやすくなる。よく知られた台所の裏技だ。魔術でも呪術でも何でもない、そうやって蓋の内側に空気を入れるというだけのこと。叩きつける手につい力が入り、瓶が割れてしまった。彼女は思わず悲鳴をあげた。物音を聞きつけて、夫が飛んできた。そこらじゅうが真っ赤で、一瞬、彼の目にそれは血のように映った。現実と区別のつかない、異様にくっきりとした夢のように。でも次の瞬間、理性が恐怖に取って代わった。ジャムだ。いたるところにジャムが飛び散っていた。妻は笑いながら、ストロベリーのぬかるみの中からガラスの破片を指でつまみ出していた。あたりのひどいありさまに自分で笑いながら、顔は床にうつむけて、髪が垂れてカーテンのように顔を隠していた。それから顔を上げて夫を見て、ねえ悪いけど、そこのゴミバケツとってくれる？　と訊いた。

するとふたたびそれが起こった。一瞬、彼は妻の頬の上にぶどう酒色のあざを見た。血のように赤く、想像していたのよりずっと大きかった。血そのものよりも血みどろの赤、病んだ血、獣の血、人種差別者が他の色の肌の下に流れていると信じるような血、私たちとは決して交わることを許されない血。けれども次の瞬間それはまたジャムに戻って、彼は笑いながら布巾で妻の頬をぬぐった。頬にジャムはついていなかった。そこにあるのは、ぶどう酒色のあざだった。

ねえきみ。

ゴミバケツ、とってくれる？

きみ。

何？

鏡を見ろ。

え？

いいから鏡を見るんだ。

やめてよそんな言い方。どうしてそんな言い方するの。いったい何よ。

夫の目は妻の頬に注がれていた。彼女はとっさにそこに手をやり、そして洗面所にかけこんだ。

彼女は長いことそこから出てこなかった。三十分とか、それくらいの時間だ。誰も経験したことのないような三十分間。彼女はぶどう酒色の染みを見ながら、息を吸い、息を吐いた。二十三歳のころに戻ったようだった。いまの彼女は三十八歳だ。十五年間なしで過ごしてきたものが、いままた目の前にあった。場所も前と寸分たがわなかった。指先で輪郭をなぞってみた。上は右目のすぐ下あたりから始まり、そこから右の小鼻をすれすれにかすめて頬いっぱいに耳までひろがって、下はちょうど顎骨のあたりまで届いていた。赤紫に近いような赤。彼女の頭には何ひとつ浮かんでいなかった。恐れも、失望も、苦悩もなかった。十五年前に死んだはずの自分と出会ったかのように、彼女は頬の染みに見入った。久しぶりね。今ならわかる、これはずっとそこにあったのだ。ずっとそこにあったものが、何かの拍子にまた見えるようになっただけのことなのだ。彼女はその赤に見入り、息を吸い、息を吐き、しだいにトランス状態のようになった。わたしいまトランス状態みたいになってる、そう頭で考えた。ふわふわと宙に浮かんだみたいな感覚だった。そんな状態が二十五分ほども続いた。そんなに長いことふわふわしているなんて、そうめったにあることではない。ふつうはほんの一瞬、それこそ一秒の何分の一か、体がふっと浮かんだような感じがするくらいのものだ。そしてそのあと死ぬまで何度でも繰り返し、そのときのことを言葉で再現しようとしてこんなふうに言う、ほんとに体が宙にふわふわ浮いてたみたいだったの。そして腕までぱたぱたさせてみせる。もちろん本当は腕なんかぱたぱたさせていなかったのだけれど。彼女は飛行機が離陸するように、トランスから脱した。さっきまであざの内側にいたのが、今は高いところからそれを見ていた。あざはまるで湖のようにどんどんどんどん小さくなり、やがて広大な大地の中のちっぽけな点になった。パイロットはそれを懐かしみ、その上をしばらく旋回するけれども、おそらくもう二度とそこに着陸することはない。彼女はトイレットペーパーをからからと引き出し、鼻をかんだ。

いつの間にか、夫はひざまずいていた。ひざまずいて、妻が出てくるのを待っていた。あざごと彼女を愛することを、許してもらえるかどうか不安だった。もうずっと前、今から二十分か三十分前に、彼は心を決めていた。あざなんて何でもない。ほんの一瞬見ただけだったが、もうすっかり慣れていた。あざは、良いものだった。それのおかげで、二人がもっと多くのものを持てるような気がした。今はじめて、子供を持ちたいと彼は思った。家の中の空気がゆるやかにほどけていくのがわかった。床にはまだジャムがそのままだったが、それもどうでもよかった。ずっとここにひざまずいて、妻が出てくるのを待っていよう、と彼は思った。そしてこのゆるやかな感じについて、ゆるやかな気分で彼女に伝えたかった。この感じに、いつまでも消えずにいてほしかった。彼女にあれを、あざを、取らずにいてほしかった。あれは絶対にあのままであるべきだった、そして子供も絶対に持つべきだった。洗面所で彼女が鼻をかむ音が聞こえた。ドアが開いて、ほら、彼女がもうすぐ出てくる。このままひざまずいて待っていよう。彼女はそれを見て、きっとわかってくれるだろう。

子供にお話を聞かせる方法

How to Tell Stories to Children

トムも過去にいろいろ悪さをやってきた。だから今はその報いを受けているのだと言えなくもなかった。この件について言うべきことは、世界によってあらかた言いつくされていた。私は奥さんのことをたずねた。

サラは話しあう気はあるの。

ああ。でもそれがどうしたってなもんさ。完全に開き直ってるよあいつ。

それはまずいわね。

うん。

で、サラはその学生の子とは?

あいかわらず寝てる。

うそ。

本当だ。

で、彼女のほうは、あなたのその——いろんなことを知ってるの？　女の人のこととか？

いいや。

私たちはしばらく無言でお茶を口に運んだ。十二年前には私もその〝いろんなこと〟の一人だったことを、おのおの胸の内で思い起こしながら。私は冷たくなったティーバッグを指で押した。しばらくして私たちはハグしあい、それぞれの道に別れた。

それから半月ほど、彼からの連絡はなかった。二人の付き合いにはよくあることだった、何かを打ち明けてそれっきりということは。だが私は気になった。あのときの会話は、もしかしたら何らかの打診だったんじゃないだろうか。会話というよりは、むしろ会話の合間の沈黙が。そこかしこに暗い穴のように口をあけていた、あのお茶を飲むあいだの沈黙。そうした暗い穴の一つにかがみこんで、彼の手にそっと自分の手を重ねることだって、今にして思えばできた気がする。それにそんな穴の中では、自分でもわからずに何かをしてしまうことだってあるかもしれない。友人に慰めを求め、それを得るために文字通りその友人の中に入っていくことだってあるかもしれない。そしてもしそれが古くからの気心の知れた友人なら、とびきりいい慰めを与えてあげられるかもしれない。そんな親切心から、私はトムにメールを送った。

〈ランチでもどう？〉

すると彼からの返事はこうだった。

〈サラが妊娠したんだ！　僕らに赤ちゃんが生まれるんだよ!!　詳しいことはいずれまた、今ちょっと急いでるので。とりあえずきみには僕から一番に知らせたかったんだ。じゃあま

たトム〉

ベビー・シャワーでは、トムのお母さんがクリップボード片手にお客の間をまわり、新米ママとパパのためにヘルシーな食事を差し入れる順番を決めていた。電話連絡網《テレフォン・ツリー》ならぬ食事リレー《ミール・ツリー》と呼ばれるものらしかった。もし訪ねていってトムとサラが出てこなければ、玄関ポーチに〈お友だちに感謝！〉と書かれたバスケットが置いてあるので、その中に食事を入れて帰るように、とのことだった。

さいわい私の割り当てはいちばん最後の日だった。それだけ間があけば、今のこの暗澹たる気分も祝福の気持ちに変わっているかもしれないと思った。だが、当日になっても少しもそんな気持ちにはなれなかった。私はドアをそっとノックした。できれば〈お友だちに感謝！〉のバスケットに（実際には〈食事はここに〉と書かれていた）食事を入れて、そのまま帰ってしまいたかった。待ち構えていたようにドアが開いた。

ああデビー、助かった。ちょっとこの子を見ててくれないか。

そして私の手の中に赤ん坊が渡された。トムの後ろについて家の中に入り、とちゅう目を泣き腫らしたサラの前を通ると、彼女が自嘲ぎみにこちらに手を振ってみせ、そして奥の書斎兼ベビールームに通された。トムが私を見て、すまないね、というように肩をすくめてみせ、すぐにまたドアを閉めて行ってしまった。私は赤ん坊と二人きりで部屋に取り残された。しばらくは静かだったが、やがて――

そうじゃないわよ！　あたしはただ、自分の体なんだから何をしたとしてもあたしの自由だって言っただけよ！

でもきみの体の中には僕らの子供がいたんだぞ！　何かあったらどうする気だったんだよ！

激しいセックスでないかぎり何の問題もないの！

へえ。じゃあやっぱりやったんだな。

私は息を殺し、まるで自分を抱き寄せるように赤ん坊をしっかりと胸に抱いた。長い沈黙があった。きっとサラが声をたてずにすすり泣いているのだろうと思った。ところが次に聞こえてきたのは、打って変わって落ちついた、やましさのかけらもないサラの声だった。

そうよ。

やっぱりな。で、その激しくないセックスとやらは、どんなセックスだったんだ。

とても優しかったわ。

凄まじい荒野を彼らは生きていた。私の想像を絶する荒れた地に。彼らは熊とともに住んでいた、彼らが熊だった、禍々《まがまが》しい獣の牙の間から吐き出された言葉を、彼らは互いにぶつけあっていた。できればこんなこと、伝聞のそのまた伝聞で聞きたかった。「僕ら、ひどい大ゲンカをしてさ」「彼ら、ひどい大ゲンカをしたらしいよ」「あたしの知り合いのそのまた知り合いの夫婦が、ずっと前、今世紀のはじめごろにひどい大ゲンカをしたらしくって、でもまあそんな大ゲンカは日常茶飯事だったらしいんだけれど、そのあたりのことはあたしの知り合いもよく知らなくて、じっさい彼女はその夫婦のことを大してよくわかっていなかったんじゃないかと思いはじめていて、というのもその夫婦、とりわけ夫のほうに彼女がやや複雑な思いを抱いていたからで、といってもそれももう大昔のこと、このとっくに過去になってしまった大昔のひどい大ゲンカよりもさらに昔のことなんだけどね」

トムがヒステリックにわめきはじめ、このままでは赤ん坊の柔らかな脳が暴力的な外的刺激で変形してしまいそうな気がした。私は彼女の精神をダメージから守りたくて、聞こえてくる声に論理的な解説を加えようとした。男の人がわめくのって、なんだか不思議だと思わない？──そう私はささやきかけた──男性はこんなこと普通しないっていう固定観念が覆《くつがえ》されるからかしらね。それからこうも言ってみた、しぃぃぃぃぃぃっ。

赤ん坊がおっぱいを探して顔をすりつけてきたので、人さし指を口に入れて吸わせた。彼女が腕の中で眠ってしまうころには、私の頭はもう宇宙的スケールのことしか考えられなくなっていた。私はまん丸なボールのような太陽を思い、食物の連環を思い、時間のことを思い、それらすべての奇跡に胸が熱くなった。私は彼女をすっぽり包みこむように体を丸めた。すでにトムもサラも遠くの往来のざわめきにすぎなかった。私の中で太古の本能が目を覚まし、心臓が苦しいほどに大きく広がって、彼らの次なる世代を包みこんだ。私は細部の一つひとつまでが精巧なミニチュアのような指に見入った。閉じたまぶたに並んだ堂々たるまつ毛を、生真面目な鼻を、しげしげと見つめた。でもこの子の名前が思い出せなかった。私は赤ん坊の顔を見た。リリア？　ううん、そんな素朴な感じじゃない、もっと小癪《こしゃく》なくらいひねりの効いた名前だった。私はウサギのぬいぐるみや、棚の上に一列に並んでアクロバットをやっている木のピエロの人形に目をやった。ラナ？ ちがう。体を曲げたり伸ばしたりしているピエロを見ているうちに、やっと気がついた。これはただのアクロバットじゃない、アルファベットにもなっているのだ。ピエロたちは体を不自然な形にねじ曲げて、永遠に彼女の名前をアルファベットでつづっていた――Ｌｙｏｎ、ライアン。

出産にも、養子縁組にもよらず、徐々に、ごく自然な形で、子供を自分のものにする女たちというのは歴史上そう珍しいことではなかった。私にとってはそれは考えるまでもなく正しいことだったが、私の彼氏たちはみんなとまどいを隠さなかった。

ライアンって、こないだ僕ら会ったばかりじゃないか。

でもあの子が浮袋つけて泳げるようになってからは一度も行ってないわよ。

そんなの本当に泳げるようになったうちに入らないだろ。

なに言ってるの、あの子がどれだけ水を怖がってるか知ってるでしょ？ これは大変な、すごく素晴らしいできごとなの。

その子のことは〝大変なできごと〟ぐらいにしといてさ、〝すごく素晴らしいできごと〟は僕らのためにとっとくっていうのはどうかな。僕らにはそういうことはないの？ 僕ら二人のすごく大事な、素晴らしいできごとについて、もっと真剣に考えるべきじゃないかな。

たとえばどんな？
どんなって……すごく大事な、素晴らしい……二人の愛情っていうかさ。
あー、そういうややこしい話だったら、また今度にしてくれる。もしいっしょに来たくないんならべつにいいわよ。私を落として、四時にまた迎えに来てくれればいいんだから。

何千何百の小さなしずくを身体じゅうにまとわりつかせて彼女が走ってくる、ピンクと黄色の花もようの水着、まぶしい太陽に顔をしかめて、赤い口を開いて歓声をあげながら、濡れた体ごと私の脚にぶつかってきて、いろんなことをいっぺんにしゃべろうとする。

前はね、入ったけど横につかまってたの、でも今日ね朝ねもういっぺん入って横につかまってたんだけど、手はなせたの！　手はなせたんだよ！　足だってつかなかったんだよ！　九びょうも入ってたの！　でもねあたしたぶんほんとはもっと長くできるんだけど、すごくつかれちゃったからタオルの上ですこし休けいしたの、それにパパがデビーが来るっていうから待ってたの、もう百まんねんくらい待ってたんだよ、ねえだからいっしょにプール入ろ？　あたしのタオル見た？　女の子がビキニ着ててあと小っちゃいワンちゃんがついてるの、あ踏んじゃだめ、ぐちゃぐちゃになっちゃった、ちゃんとしてくれる？　うんありがと、じゃあ早く入ろ、さいしょはつかまえててくれる？

彼女が両脚を私の胴にしっかり巻きつけ、片方の腕で首にしがみつき、もう一方の腕は前に伸ばして二人の進路を指示しながら、私たちはふわふわとプールの中央に進み出る。私たちは重くて動きも鈍いけれど、同時に無重力のように軽くて滑るように動く。いちばん深いほうの端では、彼女は私に必死にしがみつき悲鳴をあげた。浅いほうの端に来ると私から体を放し、自分で自分の勇敢さに目を丸くした。左右の腕に一つずつつけた小さな浮輪をしょっちゅうしょっちゅう手で触り、空気が抜けていないかどうか確かめた。

ねえ、こっちしぼんできちゃったよ。

大丈夫、ちゃんとしてる。

もうちょっとふくらませてくれる？

でも破裂しちゃうわ。

じゃあさわってみて？

大丈夫、ほらね？　こっち側とおんなじくらい固いでしょ。

彼女はもう一方に触ってみて、真面目くさった顔で私を見あげたかと思うと、みるみる目を見開いて黄色い歓声をあげ、大はしゃぎでぴょんぴょん飛びはねながら水しぶきを散らした。

サラが読んでいた雑誌から目を上げ、すぐにまた目を戻した。パティオにいたトムがこちらを振り返って私と目が合い、つかのま私の脳裏に、パーティで酔っぱらった十九歳の自分が彼の胸に顔を押しつけている姿がよみがえった。彼が私の頭のてっぺんに唇をつけてささやく、僕だってつらいんだ。彼が私にとっての世界の中心だった時代があっただなんて、今となっては信じられなかった。いまや彼は〝ライアンのお父さん〟だった。かつて私が彼の中に求めていた大胆さも、温かさも、小悪魔めいた魅力も、今では一つ残らずライアンのものだった。ライアンが水に顔をつけ、浮輪をはめた片腕を水の上にあげた。そして握りしめた拳から小さな尖った指がぴょこん、ぴょこんと一本ずつ立ち上がって、秒数をかぞえた。いち、に、さん、し、ご、もう一方の腕が上がり、ろく、なな、はち、きゅう、じゅう——全部の指を使い果たしたまま、両腕がしばらく宙に浮く——やがて濡れた髪と鼻水にまみれた顔が水の中からがばっと現れる。はあはあ荒い息をつきながら、彼女は指をいっぱいに開いた両手を振りまわして興奮して私に言う。

指がたりなくなっちゃった！　だから十びょうよりもっとだよ！　ねえ見てた？　数、かぞえててくれた？

たぶん十三秒ぐらいだと思う。

もっとだもん、二十七びょうぐらいあったもん！

十より大きい数を数える方法、教えてあげようか？　最初の手からまた新しく始めるのよ。

やだ。

十は頭の中で覚えておいて、最初の手で十一から始めればいいの。

やだ。知りたくない。

でも、じゃあどうやって大きい数をかぞえるの？

十より大きくなったら、デビーに数えてもらう。

いいわよ。でももしデビーがいなかったら？

すると彼女は声を立てて笑った。勢いよくプールから上がり、デッキチェアに寝そべっている母親のほうに一直線に駆けていった。笑い声をしだいに調子っぱずれの悲鳴のようにして、サラに勢いよく飛びついた。

なにがおかしいの。

デビー。

そうね、デビーったらおかしいわね。変てこりんのデビーさんだわね。


金曜の夜は〝デートの夜〟で、これはサラとトムがデートに出かけるあいだライアンが私の家にお泊まりするからというのでそういう名前がついたのだが、実際には夫婦はどこにも出かけずただケンカをし、逆にライアンと私のほうが外で食事をして映画を観に行ったので、デートの夜は私たちにとっては〝はてしなく続くお楽しみの夜〟の別名だった。八歳児と四十ちかい大人がいっしょにいて楽しめるのかと思うかもしれないが、とんでもない。スタートは、たいてい二人のお気に入りの日本食レストラン「ミソ・ハッピー」だった。店のネーミングはいただけなかったけれど、ここのヌードルを私たちは愛していた。私たちはありとあらゆることを話し合った。ほんの一例を挙げると――私の白髪問題、染めるべきか否か？　一本ずつ個別に染めることははたして可能か？　ネズミを一匹雇って、それを頭に乗っけて小っちゃなはけで一本一本塗ってもらうのは？　あるいは――どうしてトムとサラはあんなにケンカばっかりするのか？　ライアンがわるい子だから？　いいえ、それは絶対にちがう。ライアンは二人のケンカを止められる？　それもやっぱりノー。また——トムたちは二十四色セットの色鉛筆を買ってくれるだろうか、もし買ってくれたとして、それをライアンが学校に持っていったら、いちばん仲良しのクレアはどのくらいうらやましがるか。たぶんものすごく、というのが二人の一致した予想だった。そして、どうしてデビーの別れた彼氏はデビーのことを振ったのか？

わたしがあっちを振ったのよ。

もっといっぱいフレンチキスをしなくちゃいけなかったのかもよ。

そういう問題じゃないの。

じゃ、一日に何回キスしてたか言ってみて。足りてたかどうか言ったげる。

四百回。

足りなあーい。


食事の後は、もしマシな子供向け映画があればそれに行ったが、たいていは二番館で『ギャンブラー』とか『俺たちに明日はない』とか『シャンプー』などを観た。そう、私たちは超がつくほどのウォーレン・ベイティのファンだった。最初は性描写や暴力シーンが心配だったものの、一九八六年以前の映画ならまず問題なし、という法則をライアンが発見した。たとえば『レッズ』はセーフだけれど、『イシュタール』は刺激が強すぎ、という具合に。映画が終わると私の家に帰って、お風呂、またの名を「ラ・サロン・パリィィ」にいっしょに入る。「ラ・

サロン・パリィィ」で私たちはいろんな銘柄のシャンプーを混ぜ合わせ、調合したものをお互いの頭の後ろにつけ合って、香り、泡立ち、および美容効果をテストした。それからライアンの体が大人になる気配はないかを調べたけれど、こちらのほうはさっぱりだった（後年それは現れたが、「ラ・サロン・パリィィ」が閉店して何年も経ってからだった）。そして私の部屋の巨大なベッドでいっしょに眠った。ベッドは縦横の長さがきっかり同じだったので、どっち向きに寝てもおとがめなしだった。ライアンがその夜の進路を決定するために、ベッドの周りをぐるぐる回る。きょぉぉぉうぅぅぅぅはぁぁぁぁ……そしてベッドの上にぱたんと倒れて、こっち！　彼女が方角を指し示したままじっとしているあいだに、私は二人ぶんの枕を今夜の北に移動させる。それからいっしょに『読んで聞かせるお話集　付・子供にお話を聞かせる方法』という古びた本を読んだ。ライアンは「ビリー・ベグのボール」や「キツネとウシ」のような単純なお話はつまらながったかわり、「読み聞かせの作法――心理学的観点からみた手法、態度、声の基本」という章が大好きで、いつもそこを読んでとせがんだ。それから私たちは眠った。最初は同じ向きにスプーンのように寄り添い、やがてライアンの発散する熱に耐えかねて、けっきょくは背中合わせになった。

九歳になるころには、彼女は週に三、四日を私の家で過ごし、サラとトムは他人の家でべつべつに寝るのがあたりまえになっていた。トムはたまに新たな恋に舞い上がって、私をガールフレンドと引き会わせようとした。

とにかくすごい美人なんだよ。きっときみも気に入ると思うな、彼女のこと。

そう、ありがとう。でも遠慮しとく。

ははあ。妬《や》いてんのか？

ちがいます。

でも、お互い若かったら妬いてたかもしれないだろ。

かもね。

サラのやつはそうなんだ。写真だけでも見たくない？

けっこう。

ほら、どう？　最高だろ、彼女？

そうね。

何ならあげようか、この写真。

もらってどうしろっていうのよ。

さあ。冷蔵庫に貼るとかさ。

ライアンに見られたくないもの。

ライアンならもうとっくに会ってるよ。

十歳になると、ライアンに宗教ブームが訪れた。大人たちは三人とも信仰には無縁だったので、彼女はさまざまな要素をごちゃ混ぜにした「プレアデス教」なるものを自分で創りだした。神話、アンネ・フランク、それに日曜学校に通っていて十字架を首から下げている仲良しのクレアから仕入れた断片的な知識を混ぜ合わせつつ、思いつきでどんどん変化していく宗教だった。そのときどきの都合に合わせて、彼女はいろんな儀式を新しく作ったりやめたりした。たとえば〈暗黒の日〉というのがあって、その日はヴェールで顔を覆っていなければ彼女と会うことは許されなかった。アンネ・フランク様ご生誕の日にはみんなで泣いて、その場で涙が出なかった人は『アンネの日記』のいちばん最後のページ、一家がナチスに見つかる直前のページに向かって、今までにした自分の悪事を一つ残らず打ち明けなければならなかった。プレアデス教は、そむくと罰が当たって罪悪感に襲われる恐ろしい宗教なのだった。ライアンは私のお下がりの大地の女神《ガイア》のペンダントを（彼女は気づいていなかったが、それは図案化されたヴァギナの形をしていた）首から下げ、それをいやいやしているようなふりをしたがった。クレアが自分の十字架のことをダサいとか馬鹿みたいとか愚痴ると、ライアンはこんなふうに言った――そんなのまだいいほうよ、あたしなんかパパとママにこんなのさせられてるんだから。

なあに、それ。

うちの宗教なの。

ライアンちって、ユダヤ人なの？

そうじゃなくて、ちょっと説明が難しいんだけど。今やってみせたげるから、シャツめくって。

何するの？

このネックレスの先をこうやって背中につけるの。

ああ、これね。これってべつに神様と関係ないわよ。うちのママがよく指の先でやってくれるもん、うちでは〝背中こしょこしょ〟って呼んでるけど。

背中こしょこしょ？

そう。

お母さんが、こんなふうに背中をさわるの？

そうだけど。

ねえ、悪いけどあんたのお母さんヘンタイかもよ。

ちがうよ、なんで。

〝背中こしょこしょ〟っていうのはゼンギのことなのよ。ゼンギっていうのは相手の人をその気にさせること。

その気って？

すごくワイルドでめちゃくちゃな気分。

その夜、ベッドでライアンは私にガイアのペンダントを差し出した。〝背中こしょこしょ〟はそのままプレアデス教に取り入れられこそしなかったものの、以後数か月にわたって私は律儀に儀式を執り行い、片方の手でペンダントをぶら下げ、腕がだるくなるともう一方の手に持ちかえた。

プレアデス教はずいぶん長持ちして、十二歳になってもライアンはまだそれの信者だった。ペンダントや、どこかで見たことのあるような行事はやらなくなったかわり、ユダヤ教におけるカバラ神秘思想のような、何やら摩訶不思議なことをやりだした。ある晩は花柄のシーツを三枚、ていねいにハサミで切って幅広の帯を作り、それで自分の体をミイラみたいにぐるぐる巻きにしてほしいと私に言った。〈フレーの日〉という、プレアデス版クリスマスのような日の儀式だった。

もっときつく。

これでいっぱいいっぱいよ。

わかった。ありがと。

彼女は芋虫みたいにごろりと転がったまま、まっすぐ天井を見あげた。

トイレに行きたくなったらどうするの。

このままする。

そ。

じゃあ、おやすみなさい。

おやすみ。よいフレーの日を。フレー！

フレー。

真夜中、私は助けを求める声で目を覚ました。案の定だった——まったくなんてひどいありさま！　おしっこでぐっしょり濡れた帯をはずしてあげると、彼女は激しく泣きじゃくって咳《せ》きこんだ。

死ぬかと思った。

やっぱりやらせるんじゃなかったわ。

そんなことない！
だってかわいそうに、こんなに冷たくなって、震えて泣いて。
それでいいの！　これが儀式の最終段階なの！
わかったわかった。フレー。
フレー！　ほんとなんだから！

二〇〇一年の秋、私はエド・ボージャーという男性と出会った。私たちみんなが週に一度エド・ボージャーに会った。彼の家族カウンセリングを四人で受けたのだ。その年、ライアンはひどいアレルギーを発症し、手がつけられないほど荒れて、まる一年間を完全に私の庇護のもとで過ごした。カウンセリングはトムの発案だった。たぶんプロの第三者にこの有り様を見てもらい、仰天した彼の口から何もかも母親、つまりサラが悪いと言ってもらいたかったのだろう。だがエドはすこしも驚かなかった。それどころか、この力学が今までは四人それぞれにいい形で作用してきたと言いさえした。彼のその言い方を聞いたとき、私はその力学がもうじきどこかに行ってしまうような、それが通りを歩いていって、どこかよその悩める家庭に作用をしに行ってしまうような気がした。そして力学を失った私たちは、四者四様にねじれた感情を抱えたまま、ばらばらに取り残される。
最初の何回かのセッションは、ライアンと私にとってはおなじみの光景だった。私たちの見ている前でトムとサラは互いを惨殺しあい、不死鳥のようによみがえってふたたび愛し合い、そして飽きた。ライアンはげんなりしたような目を私に向けて、これ終わったらフローズンヨーグルト食べよ、と口の形で訴えた。だが私はエド・ボージャーの手前それを無視した。彼は掛け値なしに素晴らしい人物だった。私も一回百五十ドルの料金の三分の一を払っていたし、彼の手で生まれ変わりたかった。そのうちに、ライアンと私も発言を求められるようになった。ライアンはひたすら自分の心の欲求を列挙するだけの、みごとなまでに自己中心的な意見を展開した。

あたしが宿題してるときと寝てるときぐらいは静かにしてほしいし邪魔しないでほしいしケンカもしないでほしい。あと〈ジャンスポーツ〉の黒いバックパックが欲しいし——

ちょっとあなた、それぜんぜん心の欲求じゃあ……

それとママにあたしが自分の言いたいことを言いおわるまで黙っててほしい、だって何があたしの心の欲求で何がそうじゃないか決めるのはママじゃないから。それから好きなときにデビーの家に泊まらせてほしい。

そこでエドがさりげなく割って入った。

きみはデボラの家で暮らすほうが好きなのかな?

そう。でもママは嫌がる。

(ママが口を開きかけ、また閉じる。)

どうしてお母さんはそれが嫌なんだと思う?

だってほら、デビーとパパは。

（私の左手が右手をぎゅっとつかむ。トムが床に目を落とす。）

デビーときみのお父さんがどうしたの？

わかるでしょ。

いやわからないな。嫌でなければ思っていることを言ってごらん。

だって二人はむかし結婚してたから。だからデビーはあたしのもう一人のお母さんみたいなものなの。

（トムがすうっと息を吸いこみ、サラは吹き出し、私が口を開く。）

結婚なんかしてないわよ、ただの友だちよ！　ずっと昔からの友だちなの！

え。じゃあどうして——。

何なの？

何でもない。あたしてっきり……わかんない。みんな今ごろ教えてくれてありがとう。なんかあたしバカみたい。

すると大人三人が大あわてで彼女に言う、ちがうあなたはバカなんかじゃない、むしろその正反対よ、賢くて何でもよく気がついて、ほとんど超能力じゃないかと思うくらい。そうよ、もしかしたらこの子には前世の記憶が残ってるんじゃないかしら？　私たちは笑った。そうだ、僕らも知らないことを知っているのかもしれない！　きっとだから私たち、いまの人生でこんなに仲がいいのかもしれないわね！　エド・ボージャーはその一部始終をにこやかに、少し距離をおいて眺めていた。明らかにどの意見にも賛同はしていないが、かといって言下に否定もせず、例の力学がまたしても私たちに作用するのを黙って見守っていた。もうあと一回だけに願いますよ、というふうに。

エド・ボージャーがついに私にも発言するよう求めた日、私は生理前だった。私は何も話さなかった。かわりに泣いた、ありとあらゆる音階とテンポを使って泣き、細く尾を引くか細い泣き声に身も世もないほどの不幸を語らせて、私たち全員を驚かせた。セッションが終わると私の三人の家族たちは私を抱きしめ、その輪の中で私は安らいだ。ライアンが私の手を取り、トムが言いたいことがあるなら話してもいいんだよ、と言った。彼と彼の子供に目をやったとき、蜘蛛の糸が日の光を受けてきらめくように、自分をとらえて放さない呪縛が、ほんの一瞬見えた気がした。ずっと昔、誘惑されることだけを願っていたあの頃の私をとらえていた魔法が、世代をまたいで今も私を縛りつけていた。サラにひんやりした手で背中をさすられて、その幻影は消えた。言うべきことは何もなかった。

私たちはエドのセッションをまる一か月間、五回ちかく受けた。そして治療はおおいに功を奏して、もう家族カウンセリングをやめても大丈夫だろうということになった。なかには始める前からやめたがっていた人もいたが（サラだ）、いまや私たちの意見は一致していた。ライアンのひどいアレルギーはすっかり消えていた。

たまに彼女の目や肌が赤くなったり腫れたりすると、サラはよくこんな言い方をした。あなたそれはママの注意を引こうとしてやっているの？　アレルギーで？　もうちょっと他にやり方はないわけ？　そんなとき、ライアンはエドに教わったとおりにこう言った。ママ、あたしはママにちゃんとあたしのことを気にかけてほしいの。そしてエドはサラにも、それに対して声を荒らげずに応えるよう指導した。二人が初めてそのやり方を試したのは、私の家の居間でだった。ライアンは自分のセリフを完璧に言い、サラもがんばって優しい口調で話したものの、ついつい脱線して、小声でこう言った、ああ、あたし本当にうちの子をどうしたらいいのかわからない、うちの大きな子、あなた本当にこんな話し方してほしいの？　なんだか赤ん坊扱いしてるみたいじゃない？

そう考えると、高一の終わりの夏にライアンの身に起こった変化は、自己防衛のなせるわざだったのかもしれない。彼女の体は思春期前のトラブルだらけの古い自分を脱ぎ捨て、つるりとしてトラブル知らずの、みごとなまでの大人の女の肉体に生まれ変わったのだ。このふっくらと丸いお尻をもつ解答に、私は舌を巻いた。私だったらきっとこうはうまく切り返せなかった。

エドは、ライアンを共同で養育する方式に戻したほうがいいとも提案したので、彼女はしぶしぶ週に二日、両親の家に泊まるようになった。ライアンのいない夜を独りきりでどうやって過ごせばいいのか、最初は見当もつかなかった。恋人をもつことはとうの昔にやめてしまっていたが、独り寝には慣れていなかった。週の最初の一日はたいてい掃除をして気をまぎらわせたが、そうすると二日めに途方にくれた。そのうちにもっとペースを落とすことを覚えた。一日でできる掃除を二日に分けてゆっくりとやり、その合間にかかってくる電話でライアンとおしゃべりするのは、それはそれで楽しい夜だった。

ママはファンとデート。パパはガレージで誰かとケータイで話してる。

あなたは？

べつにぃ。ケヴィンを家に呼んで、クンニでもしてもらおうかな。

こら。

あら何か？　あたし、きょう彼と話しちゃったんだもんね。

うそおっしゃい。

ほんとよ。ゼミで。

どんなふうに？

ケヴィンが言ったの——

向こうから話しかけてきたの？　やったじゃない。

へへん。

それで？

彼が言ったの、きみ、きっとこの本もう最後まで読んでるだろ——

——『私のアントニーア』？

そう。だからあたし、ううんぜんぜん、まだきのうのところも読み終わってないくらいって
答えたの。それだけ。

悪くないわね。あなたのこと頭がいいと思ってる証拠よ。

まあね。じゃあ今日はこれから彼のこと考えながらオナニーでもしようっと。

そうなさい。

冗談よ！　そんなこと、やる前にいちいち言うわけないじゃない。


私がエド・ボージャーと「トレーダー・ジョー」でばったり再会したとき、ライアンは週の半分しか私の家に泊まらなくなっていた。エドと私はめいめい手に食パンを持ったまま、その件について話し合った。それは大進歩だね、とエドが言った。先生のおかげよ、と私は言った。このパン、いつも一斤《きん》食べきる前にカビてしまうんだよね、と彼が言った。冷凍すればいいのよ、と私は言った。凍ったままでトーストするの？　と彼が言った。トーストしてしまえば問題なし、と私は言った。味は落ちない？　と彼が言った。そうよ、と私は言った。

買った食料品をそれぞれの車に積んでしまってから、生物《なまもの》はあと四十分くらいは大丈夫だろうから、その間お茶でもしようかということになった。

家族カウンセリングを受けていたころ、私はよく、エドが私だけに話をさせたらどんなだろうと空想した。他の家族はみんな部屋から追い出されて、私ひとりが話して話して話したおす。終わるとエドが言う、まったくきみは天才だ、それに比べて他の連中はみんなアンポンタンだよ。そして彼は、前からずっときみのことが好きだったと言い、彼が私の服を脱がせ私も彼の服を脱がせ、そうして二人は末永くしっかりと抱き合う。エドと二人でお茶を飲みながら、頭の片隅でそのことを思い返していなかったと言ったら嘘になる。私たちの話題はもっぱらライアンのことだった。

彼女、そのうちにきっとすごく素敵な女性になるんじゃないかな。

もうほとんどなってるわ！　あれからずいぶん成長したのよ。

背が伸びた？

そう。それに中身も大人になった。

大人。

そう。そのせいでアレルギーも落ちついたみたい。そういうことってあり得るのかしら、医学的にみて？

どんなことでも可能だよ、医学的にみれば。

私も同感。

というと？

何でも可能だっていうこと。

まあ、何でもは言いすぎかな。豚は空を飛べないし。

そうね。でも不思議、あなたとこうしていると、それもありなんじゃないかっていう気がしてくるわ。

あり、とは？

豚が空を飛ぶこと。

ああ。

ごめんなさい、私ったらなんだかおかしなこと言ってるわよね。

いやいや、全然そんなことはないよ。

エド・ボージャーは私の家の冷蔵庫に、買ったヨーグルトを入れて、帰るときに忘れないように言ってほしいと言った。ライアンは両親の家に行っていたが、ベッドの上いちめんに彼女の服が散らかっていた。私はそれを全部まとめてドレッサーの上に移した。それから明かりを消し、お互いの服を脱がせあいはしなかったけれど、それぞれ自分で服を脱いだ。さあこれからというときにエドが、少し泣きたいのだが許してもらえるだろうか、と言った。許可するわ、と私が言うと、彼は私の胸に顔をうずめて悲しげな声をあげはじめた。終わって彼の顔を見ると、涙はどこにもなかった。

いつも涙なしで泣くからね。

へえ。本当にそういう言い方があるの？　〝涙なしで泣く《ドライ・ティアーズ》〟って？

いや。これは僕の持論なんだけれど、男は女ほど泣かないっていうのは嘘なんじゃないかと思うんだ。男はみんな自分の父親が泣くところを見たことがないから、それぞれ自己流の泣き方を開発しているだけなんじゃないかってね。

うちの父は泣いたけど。

本当に？　涙ありで？

そう。それもしょっちゅう。

もしかして、お父さんのそのまたお父さんもよく泣いていたとか？　で、それを見て息子が学習したとか？

そうかもしれないわね。でも母が十六年も浮気していたから、そのせいだったのかも。

私はバスルームに行き、行為にそなえてヴァギナを洗った。寝室に戻る途中、廊下でふと立ち止まった。エドが大きな正方形のベッドの上に膝立ちになって、真剣な顔でランプをにらんでいるのが見えた。ペニスを両手でしごいて勃起させようとしていたのだ。その姿に、診察室の椅子に座り、辛抱強く話に耳を傾け、うなずき、小さく会心の笑いをもらしていた彼が、ごく自然に重なった。私は廊下の暗がりに立ったまま、この人が欲しい、と心から思った。もしもあなたが永遠に私の男になってくれるなら、エド・ボージャー、私もきっとあなたの女になるわ。彼がふいにせかせかした手の動きを止め、振り返って暗がりにいる私をまっすぐ見た。だが彼は私ではなく、私の背後の何かを見ていた。振り返らなくてもわかった。ライアンだ。

私の心の声が聞こえたのだ、私の誓いが届いたのだ、と思った。私は手を振った。

死にたくなるような四つのやりとりがそれに続いた。五つめは彼女を車で両親の家に送り届けることだった。ライアンは私の隣に乗ることを拒否し、後部座席に座った。

どうして？　いけない？

だって後ろに座られると、私が運転手みたいだから。

だって運転手じゃない。

ライアン……。

ちがうの？　もともとベビーシッター兼運転手なんじゃないの？　それでパパとママからお金をもらってるんでしょ？

お金なんかもらってない。知ってるくせに。

そんなのあたしに関係ないわ。

ライアン、私たちは家族なのよ。

ちがうわ。はっきり言って、あなたはあたしたちと血もつながってないし、ただあたしたちを助けてくれた人ってだけ、エドがあたしたちを助けてくれたみたいに。あんたたち二人がヤるのって超お似合いよね。雇われたもん同士でどんどんヤればいいんだわ。応援するわよ。あたしたちみんな大賛成。

サラとトムには言わないで。お願い。

ハッ。

そのハッはどっちなの。言うの、言わないの。

べつに。ただハッよ。

だが彼女は言わなかった。そして二度と私の家にも来なくなった。私を単なる両親の知人として扱い、家に行っても、じゃね、行ってきます、と手を振って、ボーイフレンドといっしょに足早に私たち三人の横を素通りした。だがそのことは、車の運転だとか、終始一貫した皮肉な態度とか、フェミニズムとかいった他のもろもろの変化に埋もれて、目立たなかった。トムとサラは、娘は自分たちのことも完全に無視するのだ、あなただけに辛くあたっているわけじゃない、みんなお互い様だ、と言って慰めてくれた。だが私にはわかっていた。この〝親離れ〟の原因は私にあるのだと。すべてはあの瞬間に始まったのだ。罪の意識で胸がつぶれそうだった。こんなときにこそセラピストに相談がしたかった。ふと、エドに電話してみようかという思いが頭をよぎった。プロとして。でもこの件に関して彼は中立な立場の部外者と言えるだろうか。たぶんちがう。彼のことを部外者ではないと思えば思うほど、ますます声が聞きたくなった。

ドクター・ボージャーです。

ハイ、エド。私よ。デビー。

ああ。やあ。

ずいぶん長く話してないなと思って。

何かあったの。

ううん。ただ、あれきり電話もくれないから。

あんなことがあった後できみと会いつづけるのは、よくない気がして。

ライアンはもう私のところで暮らしていないから、会ったって彼女気づきもしないわ。

彼女がいなくなってさびしい？

ええ、もちろん。

ということは、僕のことが問題というわけじゃないんだ。

そうでもないわ。あなたにも関係のあることだから。

デビー。

なあに？

申し訳ないんだが、いま仕事場だから話していられないんだ。何ならあとでかけ直すけど。

あなたは？　かけ直したい？

もしきみがそうしてほしいのなら。

でももし私がそうしてほしくないなら、電話しなくてもかまわないということ？

もうこのままそっとしておくのが、お互いのためにいいと思うんだ。


ぶざまに、不本意に、時は流れた。私とトム夫妻との関係は、すっかり行事ベースの形式的なものになった。私はライアンの高校の卒業式、トムの誕生パーティ、感謝祭、クリスマスの晩餐に招かれた。ライアンはクリスマスのとき帰省せず、かわりに私たち三人に〈ＵＢＣＯ〉と大学のロゴの入ったトレーナーを送ってきた。ブリティッシュ・コロンビア大学オカナガン校。彼女は私の想像よりはるかに早く、はるかに遠くに行ってしまった。まさかカナダの大学に行くだなんて。彼女は経済的な必要に迫られて夏休みには帰ってきて、両親の家に寝起きしながら、オーナーも経営者もレズビアン女性がつとめるオーガニック食材店でアルバイトを始めた。私は用もないのにしょっちゅうそこで買物をしたが、私と会いたくなかったかとも訊かず、よりを戻そうともせず、つとめてさりげない会話に終始した。

ここのお店、サターンピーチを置いてて感激だわ。

お礼なんかいいわよ、あたしのサターンピーチじゃないし。

あら、でも厳密にはそうじゃない。ここって従業員が共同でオーナーをしているんでしょう?

まあね。でもたかだかひと夏バイトして、オーナーのプッシーを舐めるか何かしたぐらいじゃ、そんな資格ないから。袋、おつけしますか。

私はPFLAG（レズビアン／ゲイの親と友人の会）の会員になった。レズビアン自身や、レズビアンの娘をとまどいながらも支える親たちが書いた、またそういう人たちのために書かれた本を何冊も買いこんだ。ライアンが大学に戻ると、寮の部屋で若い女の恋人の——たぶん男役の——腰に手を回している彼女の姿を思い描いた。レズビアンには男役《タチ》と女役《ネコ》がいることを本を読んで知り、ライアンはきっとネコにちがいないと思った。トムとサラが娘の嗜好を知っているかどうかはわからなかったが、たぶん知らないにちがいなかった。二人は相変わらず自分たちのことで頭がいっぱいだった。以前ほど火遊びはしなくなっていたが、かつてのヒステリックな狂騒は冷やかな反目に取って代わられていた。今に比べれば、昔のほうがまだしも牧歌的だった。十二月、トムが電話をかけてきて、クリスマスの食事に私を招待した。

ライアンも来る。今年は帰ってくるんだ。

そう、それはよかったわ。

新しい彼氏を連れてくるそうだ。きみも会ったらぶっ飛ぶぜ。

私はPFLAGを退会し、何日かをショックで泣き暮らした。私はライアンのことを何も知らないのだ。もう本当に終わったんだ、本当に私は彼女の母親ではないんだ。本当にもうじき五十になってしまうんだ。本当はそのどれ一つとして受け入れがたかったけれど、もう本当にどうすることもできなかった。不思議なことに、レズビアンとか、男役の恋人とか、寛容の心をもって接するとかいったことを失うほうが、何年か前にライアンを失ったことよりもつらかった。だがけっきょくそれも、ずっと感じつづけている心の痛みを、べつの形で味わいなおしているだけなのかもしれなかった。

私は遅れて着いた。それでもまだライアンは来ていなかった。デザートまでには来るだろうとトムとサラは言った。私は彼らの友人たちと話をした。何人かは私の大学時代からの知り合いでもあった。彼らはライアンに関して驚くほど無頓着だった。一人などは彼女をまだ高校生だと思っていた。ちょうどみんなが食事のテーブルに着いたとき、玄関のベルが鳴った。ダウンジャケットで着ぶくれた人が、マフラーを取るのにもたつきながら入ってきた。エド・ボージャーだった。彼は手を振って、どうもみなさん、と言った。それから、ライアンはいまちょっと外で電話している、と言った。

その言葉を私は聞いていなかった。私の目は彼のシャツに釘付けになっていた。それは六〇年代に流行ったようなドレスシャツを、六〇年代を知らない世代の人たち向けにリバイバルした、最近よくあるようなシャツだった。問題は、六〇年代にティーンエイジャーだったエド・ボージャーは当然六〇年代を知っているわけで、彼ならまずこういうシャツは選ばないということだった。それは彼にとっては自分がまだ半人前だった時代を思い出させこそすれ、レトロな良さは感じられないもののはずだった。おそらく誰かべつの人間がこのシャツを彼に買ってあげたのだ。誰か、六〇年代を知らない人間が。その考えはライアンが入ってきて中断した。彼女はエドの背中にそっと手を置いて、みんなに挨拶した。トムがエドのグラスにワインを注いだ。

どうだい、家族カウンセリングの商売のほうは。

まあ、これで文句を言ったら罰が当たるね。

私たちは無言で食事をした。エドを知っている人も、何となく場の空気が妙だということ以外何もわからない人も。

そうだな、これで文句を言ったら、それこそ罰があたるだろうさ。

私たちはスイートポテトのキャセロールとベークド・ハムとポテトのグラタンを食べた。

そういじめるなよ、トム。

エドがライアンの手の上に手を重ねた。全員がエドからトムに目を移した。トムはライアンを見た。私たちもそうした。ライアンはまっすぐにサラを見つめ、サラが自分の皿からゆっくりと目を上げて娘を見た。するとライアンがすっとエドの手の下から手をどけ、ポテトの皿を取り、頼んでもいないのに私に回した。私が皿を受け取っても彼女は手を放さず、一瞬、一つの皿を二人で支える恰好になった。彼女の両親のテーブルの上で皿が静止した。私の目はおそるおそる皿から彼女のブラウスの胸元へ移り、そして最後に彼女の目にたどり着いた。私はそこに何を見ることを恐れていたのだろう。容赦のないあざけり？　狡猾？　やましさ？　彼女の目はきらきら輝いていた、昔のままの愛に、私の人生唯一にして最大の愛に。そしてその目は勝ち誇っていた。

この本を作るために力を貸してくださった以下の方々に感謝します。

フィオナ・マゼール、リック・ムーディ、ナン・グレアム、サラ・チャルファント、マイク・ミルズ。

訳者あとがき

『いちばんここに似合う人』*No one belongs here more than you.* は、映像作家でありパフォーマンス・アーティストでもあるロサンジェルス在住の作家ミランダ・ジュライによる初の小説集である。

ミランダ・ジュライは一九七四年、バーモント州バリーに生まれ、カリフォルニア州バークレーで育った。両親はニューエイジ系の本を扱う小さな出版社を営んでおり、ジュライいわく「かなり境界例っぽい大人たち」の出入りする家だった。幼いころからお話を作ったり芝居を上演したりするのが好きで、字を書けるようになる以前から、声色を使い分けて一人何役も演じたものをカセットテープに録音したり、会話の片方だけをテープに録音して自分と会話したりして遊ぶ子供だった。初めて物語を書いたのは六歳のときで、星の催眠術にかかって家出してしまう女の子のお話だったという。

高校では仲のいい友人と同人誌《ジン》を作るかたわら（ジュライは「自分の飼っていたウサギが

死んだときに下に敷いていたタオル」や「自信」への架空インタビューを載せるなどした）戯曲も書き、地元の老舗パンク・クラブで上演して好評を博した。

転機は大学のときに訪れた。いったんはカリフォルニア大学サンタクルーズ校に進学したものの、二年生のとき、両親の旅行中に無断で退学し、家出同然のようにしてオレゴン州ポートランドに移り住んだ（そこには高校時代の親友がひと足先に住んでいた）。ちなみにそのときの書き置きもカセットテープで、旅行から帰ってくる両親を空港まで迎えにいく役目の兄にテープを託し、帰りの車の中でそれを兄がかけると、「あなたたちがこれを聴いているころには、わたしはもうポートランドに住んでいるでしょう……」という彼女の声が流れてきた。

折しも九〇年代半ばのポートランドは「ライオット・ガール（Riot Grrrl）」と呼ばれる、フェミニズムとパンクロックを融合させたムーヴメントの真っ盛りで、それに触発されるように、彼女もCDをリリースしたり、パンクバンドのプロモーション・ビデオを監督したり、パフォーマンスを上演したりと、旺盛な活動を開始した。九六年には初の短篇映画〝Atlanta（アトランタ）〟を撮り、オリンピックを目指す十二歳の少女とその母親の二役を自ら演じた。

二〇〇四年には『フィルムメーカー・マガジン』が選ぶ「インディー・フィルム注目のニューフェース25」の一人に選ばれ、翌年には初の長篇映画『君とボクの虹色の世界（*Me and You and Everyone We Know*）』で脚本・監督・主演をつとめた。この映画が二〇〇五年カンヌ映画祭でカメラ・ドールほか四つの賞を受賞したことで、ミランダ・ジュライの名は広く世界に知られることとなった。

　いっぽう、たまたま彼女のパフォーマンスを観にきた作家リック・ムーディの励ましで二〇〇一年ごろから小説も発表しはじめ、『パリス・レビュー』や『ニューヨーカー』、『ハーパーズ』といった雑誌に作品が載るようになった。それらをまとめて二〇〇七年に出版された本書は多くの作家や書評家から絶賛され、その年のフランク・オコナー国際短篇賞を受賞した。


　映画『君とボクの虹色の世界』の冒頭近くに、忘れられないシーンがある。高速道路を走る一台の車の屋根の上に、金魚が入ったビニール袋が載っている。車の持ち主が、買った金魚をうっかりそこに置き忘れたまま走り出してしまったのだ。周囲の車は気づいているが、どうすることもできない。車が永遠に走りつづける以外に、この金魚が助かる道はない。スピードを落としたり停まったりすれば、袋ごと道路に落ちてしまうから。金魚は独りぼっちでビニール袋に閉じこめられたまま、限られた生の時間をなすすべもなく運ばれていく。

　この本に出てくる登場人物たちも、どことなくこの金魚に似ている。彼らはみな孤独で不器用だ。人生の理想と現実のギャップを埋められないまま自分の生の中に閉じこめられ、世界に対してしっくりこない気分を抱えて生きている。〈この人たちはみんな仮の友だちで、そのうちに本物の友だちができるんだろうと思っていた〉ある語り手は、夜寝る前に自分の友人たちのことを考えてそう思う。〈でもちがう。けっきょくこの人たちが本物の友だちなのだ〉。〈声に出して何かを言ったのは、ほんとに何週間かぶりだった〉べつの語り手は言う。

〈誰かに告白したみたいに心臓がどくんどくんしていた〉。

孤独で不器用な魂たちは、それでもその状況を変えようとして、ときに奇妙な行動に走る。誰も知り合いのいない田舎町で一人暮らしをする女は、水を張った洗面器で老人たちに水泳を教えようとする。誰とも愛し合った経験のない独身老人は、同僚のまだ見ぬ妹との脳内恋愛に身をこがす。夫との関係に行き詰まった妻は、映画のエキストラ出演に活路を見いだそうとする。家から二十七歩より遠くに行けなくなった女は、名前も知らない近所の子供との触れ合いに救いを求めようとする。

彼らの試みが報われることは少ない。多くの場合、人物たちは物語の最後でふたたび自分の孤独と否応なしに向き合うことになる。けれども読みおわったときに私たちが受け取る気分は、絶望とはちがう何かだ。彼らが孤独の底で誰かとつながりかけた、その瞬間は火花のように彼らの生を照らし出し、彼らを前とはほんの少しちがう場所に連れていく。そこには「人はみな孤独だ、だが孤独を通じてつながることができるのかもしれない」という裏返しの希望が読み取れるような気さえするのだ。

ミランダ・ジュライの物語が強い共感を呼び起こすのは、ここに書かれているのがまぎれもなく私たちのことだからだ。私たちもみんな、車の上の金魚のように孤独で、誰かとつながりたいと願っている。ジュライは人の孤独の深さと、つながりたい気持ちの切実さを生々しく、ほとんど残酷なくらい鋭く描きつつも、その語り口にはどこか空とぼけたユーモアが漂う。泣いている誰かの背中を優しく叩いているつもりがついチャチャチャのリズムを刻んでしまったり、つらい別れ話の最中になぜだか耳が熱くなって両手でぱたぱたあおいでしまったり、そんな悲しく滑稽な人物たちに、読みながら自然に心が寄り添っていく。
ミランダ・ジュライのアート・プロジェクトの一つに、"Learning to Love You More（あなたをもっと愛する練習）"がある。ウェブ上でいろいろな「課題」を出し、一般の人から集まった回答を、やはりウェブ上で公開するというものだ。〈知らない人どうしが手をつないでいる写真を撮りなさい〉〈誰かを励ます横断幕を作りなさい〉〈死の床にある人といっしょに過ごしなさい〉〈かけたくてかけられなかった電話の会話を文章にしなさい〉〈両親がキスしている写真を撮りなさい〉……。その一つひとつを見ていると、大勢の人がそれぞれの声で自分の物語を語りかけてくるような、そこに自分の声も重なり合っていくような、自分も自分の声で何かを語りたくなってくるような、不思議な感覚にとらわれる。それはまさに彼女の短篇集を読んでいるときに感じるのと同じ気分だ。「これはあなたの物語だ」「あなたの声で語りなさい」——ミランダ・ジュライがいろいろな形のアートで繰り返し伝えようとしているのはそのことで、小説もその一環なのだろう。

映画『君とボクの虹色の世界』は現在ＤＶＤで観ることができる。短篇映画"Are You the Favorite Person of Anybody?（あなたは誰かのお気に入りの人ですか）"やパンクバンドSleater-Kinneyのプロモーション・ビデオ（"Get Up"）ほか、いくつかの映像作品はYouTubeで視聴できる。"Learning to Love You More"は同名の一冊の本にまとめられている（ハレル・フレッチャーとの共著）。二〇〇八年の横浜トリエンナーレで話題を集めたインスタレーション『廊下』は、現在は群馬県のハラ・ミュージアム・アークに所蔵されている。ミランダ・ジュライは現在*The Future*という長篇映画を撮っている最中で、あと数か月で完成する予定だそうだ。

この本を翻訳するにあたっては、多くの方々のお世話になった。私をこの本と出会わせてくださった山崎まどかさん。数々の疑問に丁寧に答えてくださったジェームズ・ファーナーさん、柴田元幸さん。ミランダ・ジュライに関する貴重な情報を教えてくださった都甲幸治さん。的確なアドバイスと励ましを与えてくださった新潮社の佐々木一彦さん、須貝利恵子さん。どうもありがとうございました。

二〇一〇年八月

岸本佐知子

No one belongs here more than you.
Miranda July

いちばんここに似合《にあ》う人《ひと》

著者
ミランダ・ジュライ
訳者
岸本　佐知子
発行
2010年 8月30日
18刷
2024年12月15日
発行者　佐藤隆信
発行所　株式会社新潮社
〒162-8711 東京都新宿区矢来町71
電話 編集部 03-3266-5411
読者係 03-3266-5111
http://www.shinchosha.co.jp

印刷所
株式会社精興社
製本所
大口製本印刷株式会社

乱丁・落丁本は、ご面倒ですが小社読者係宛お送り下さい。
送料小社負担にてお取替えいたします。
価格はカバーに表示してあります。

ISBN978-4-10-590085-4 C0397

地上で僕らはつかの間きらめく

On Earth We're Briefly Gorgeous
Ocean Vuong

オーシャン・ヴオン
木原善彦訳

生きることの苦しみと世界の美しさと。ベトナムから太平洋を渡った一家三代の苦難の歳月を母への手紙に綴った、才能あふれる若手詩人の初長篇小説。

CREST BOOKS

世界の果てのビートルズ

Populärmusik från Vittula
Mikael Niemi

ミカエル・ニエミ
岩本正恵訳
笑えるほど最果ての村でぼくは育った。きこりの父たち、
殴りあう兄たち、そして手作りのぼくのギター！
とめどない笑いと、痛みにも似た郷愁。
世界20ヵ国以上で翻訳、スウェーデンのベストセラー長篇。

CREST BOOKS

こうしてお前は彼女にフラれる

This Is How You Lose Her
Junot Díaz

ジュノ・ディアス
都甲幸治・久保尚美訳

どうしていつも、うまくいかないのか？ 叶わぬ愛の物語が、傷ついた家族や、壊れかけた社会の姿をも浮き彫りにする。大ヒット作『オスカー・ワオの短く凄まじい人生』の著者による、おかしくも切ない9つのラブ・ストーリー。

CREST BOOKS

あなたを選んでくれるもの

It Chooses You
Miranda July

ミランダ・ジュライ
岸本佐知子訳

アメリカの片隅で同じ時代を生きる、
ひとりひとりの声と、忘れがたい輝き。
『いちばんここに似合う人』の著者による、
心を揺さぶる異色のフォト・ドキュメンタリー。

CREST BOOKS